異世界で
JN002918
なでなで
するためにがんばってます。14
向日葵　ill.雀葵蘭

風竜
風をつかさどる
原竜

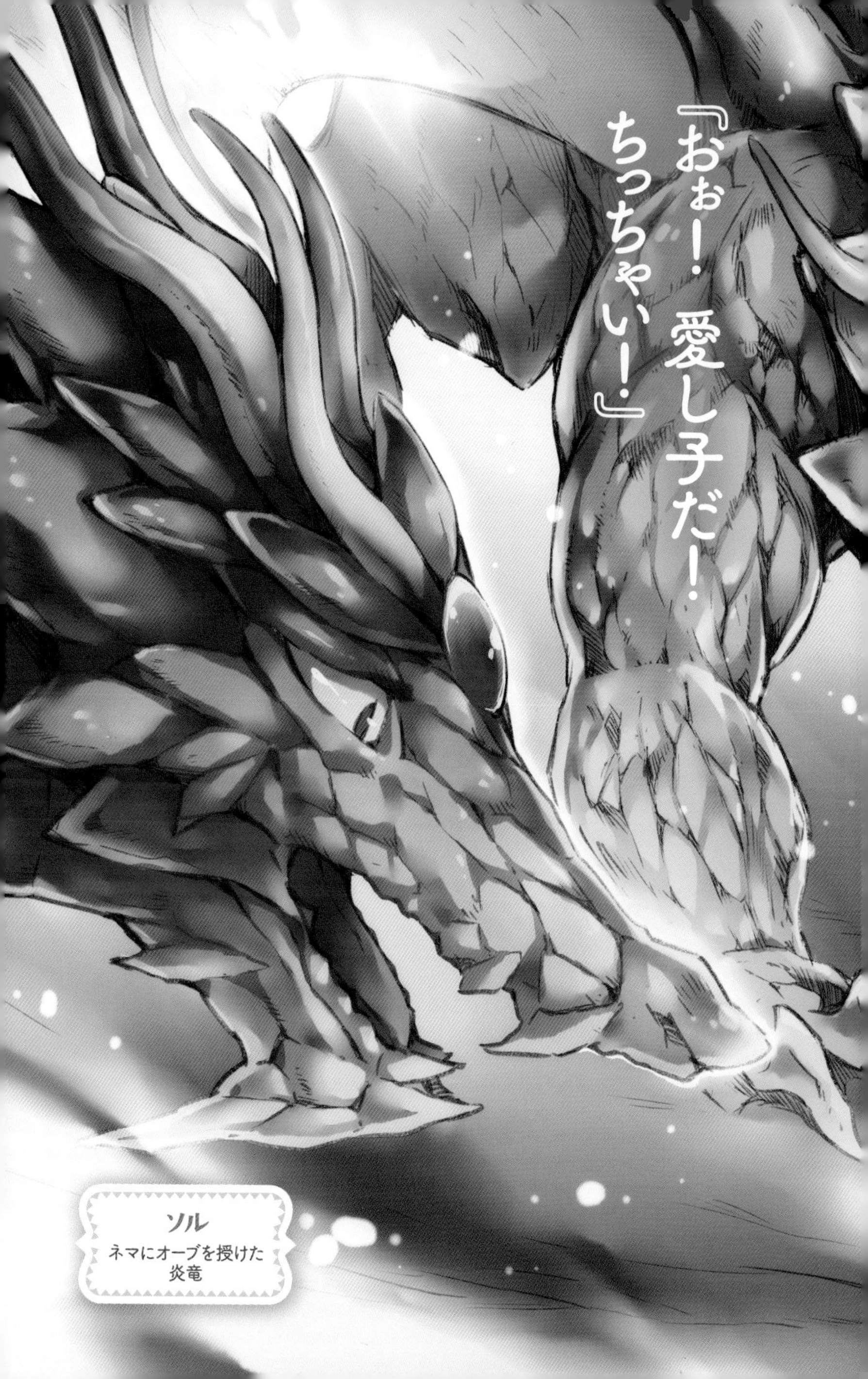
『おぉ！　愛し子だ！
ちっちゃい！』
ソル
ネマにオーブを授けた
炎竜

ラルフリード・オスフェ
ネフェルティマの兄
ネフェルティマ・オスフェ（ネマ）
転生してきた少女
人間以外の生物に好かれる能力を持つ

「おにい様とおそろい！」

アイリーナ
熊族の獣人の女の子
ユアン
鸇《せん》族の獣人の男の子

「宝箱だ！」
ルネリュース
侯爵家の男の子
フェリス
子爵家の男の子
ミーティア
小《こ》虎《こ》族の
獣人の女の子

「白はかくれんぼをしていたの？」

異世界で
もふもふなでなで
するためにがんばってます。14
向日葵 ill.雀葵蘭

《目次》

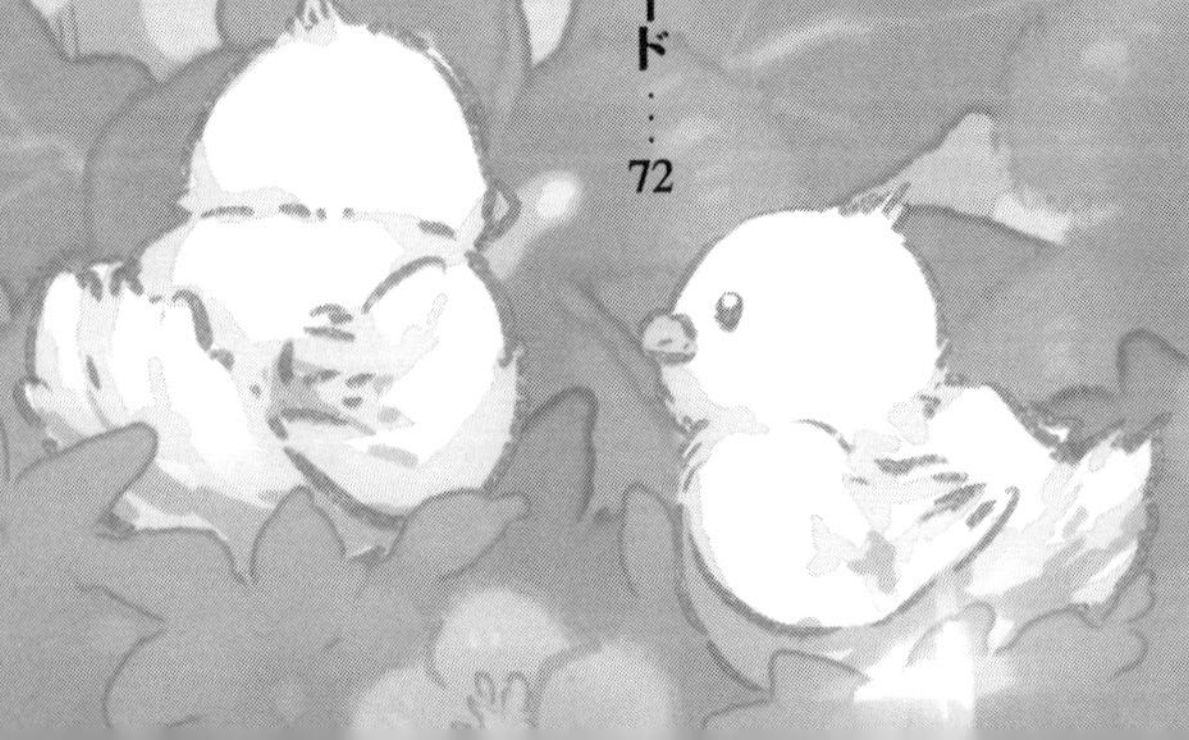

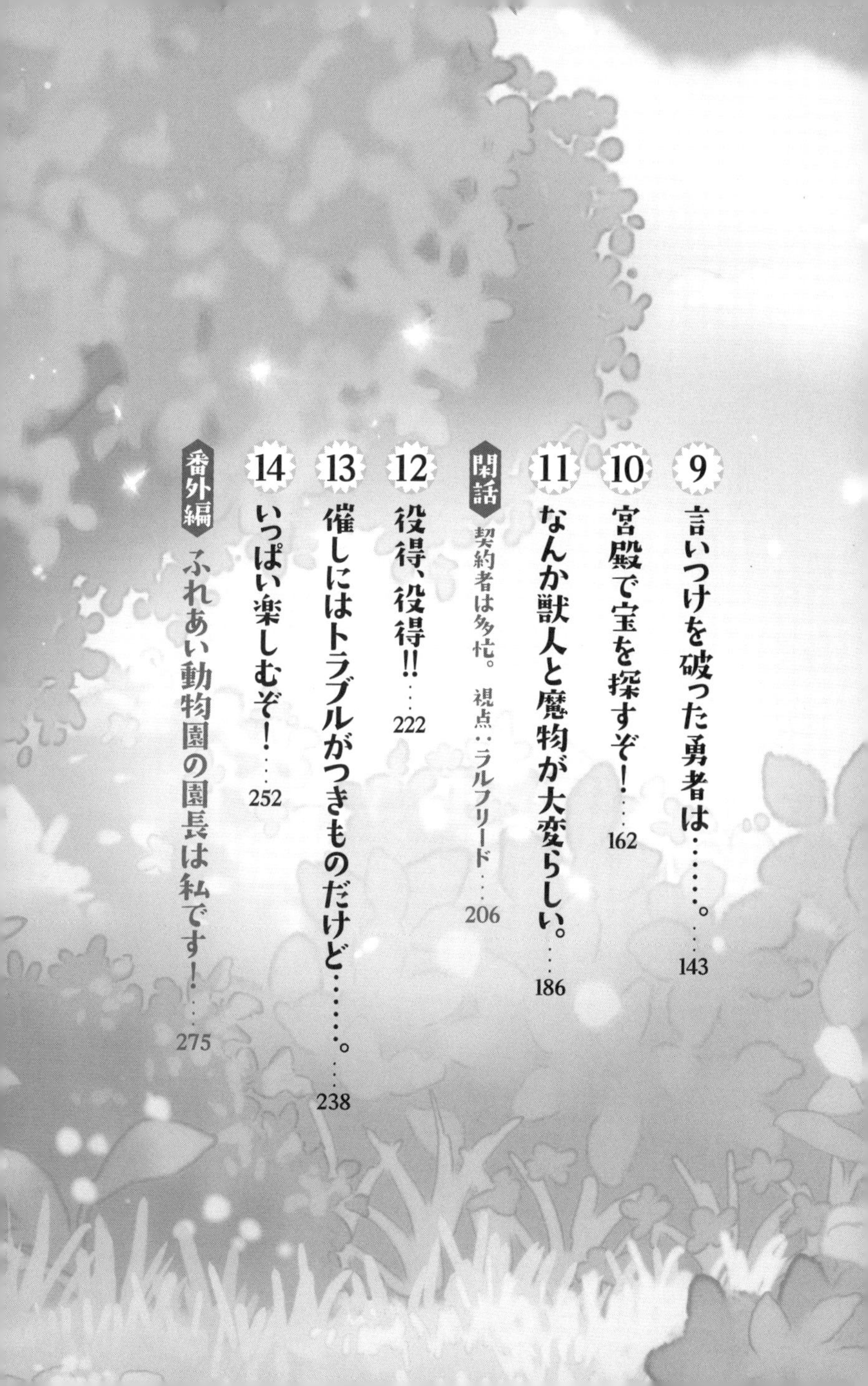

1 原竜はみんな仲良し？

ミルマ国の第一王女の立太子の儀。

無事に執り行われるまで、数々のトラブルに見舞われた。

おめでたいことなのに、このままでは第一王女様の印象が悪くなってしまう。

そこで私は、聖獣の契約者一同でささやかなお祝いを披露《ひろう》しようと提案した。

立太子の儀が行われた大聖堂の中ではディーの幻像でクレシスチェリーの花びらを降らし、ミルマ国内の各所にある本物のクレシスチェリーの木にカイディーテの力で花を咲かせてもらい、ラース君が花びらを雪のように国中に降らせる。

この内容だとソルの出番がないが、ソルは姿を見せるだけでもパフォーマンスになる。

だから、ミルマ国の王城上空を飛んでもらったんだけど、なぜか風竜の姿もあった。

突然の風竜の出現に、なぜか興奮しているヴィを横目に、ソルと風竜は仲良しだなーって眺めていたら、徐々に様子がおかしくなっていく。

風竜がソルに近づくと、ソルは大きな口をグワッと開けて威嚇《いかく》しているように見える。

そんなソルを嘲笑《あざわら》っているのか、はたまたソルの照れ隠しだと思っているのか、風竜は気にせず体を寄せる。

そして、ソルの尻尾攻撃を受けてよろめいた。

このままでは怪獣映画のようなバトルが勃発《ぼっぱつ》してしまうのでは⁉

火炎放射器のように炎を放つソル。竜巻を起こして炎を蹴散らそうとする風竜。

炎は風で勢いを増し、辺り一面焼け野原。……という最悪な状況が想像できてしまった。

おめでたい日にそれはダメだ‼

——ソルさんや！　風竜さんと遊ぶなら海の上がいいと思います！

——遊んでなどおらん！　此奴《こやつ》が勝手に絡んでいるだけだ！

ここまで不機嫌なソルも珍しい……。実は仲が悪いのかな？

ここからではわからないが、ソルが避ける動作をしたので、風竜が何か力を放ったのかもしれない。

風の魔法は目に見えないから厄介だよね。

——じゃあ、地上に被害が出る前にどこかに下りよう！　ソルが下りれば、風竜さんもついてくると思うし。

——とっとと此奴を帰せばいいだろう。

——それは嫌！　私がなでなでを堪能してからにして！

ソルの鱗《うろこ》と違いがあるのか、すっごく気になるので帰られると困る。

——ちっ……致し方ない。

上空のソルは大きく旋回したあと、王城の近くの砦の方へ高度を下げていく。

あ、しまった！　私も乗せていってもらえばよかった……。

「おとう様、私たちもソルのところに行きましょ！　風竜さんを紹介してもらわなくちゃ‼」

「今はお披露目行列が行われているから、馬車は動かせない。行くとしたら……」

パパンは空を見上げる。空から行けってこと？

空を飛べる聖獣がいるので、送ってもらえば……。

お姉ちゃんの目がキラキラしてる！　一緒に行きたいって必死に訴えてきている‼

お姉ちゃんを乗せてくれる聖獣はディーしかいない。ラース君もお願いしたら乗せてくれるかもしれないけど、その場合、もれなくヴィとタンデムだ。

ヴィは気にしないかもしれないが、お姉ちゃんは絶対に嫌がるだろう。

私としても、お姉ちゃんをヴィに任せたくないので、お兄ちゃんとお姉ちゃんはディーで確定だな。

「ワンッ！」

「ワンッ！」

星伍と陸星が呼ぶので視線を二匹の方にやると、こちらもお目めをキラキラさせて訴えてくる。

ちょっと前までウルクに怯えていた二匹だが、ソルのことは平気……というか、遊んでくれる相手と思っている節がある。

仮とはいえ、ソルが私と契約しているからなのか？

稲穂にいたっては属性の相性からか、めっちゃソルに懐いているし。

『俺も炎竜様にお会いしたい』

ウルクも二匹に負けじと、同行を強く訴えてきた。

竜種にとっては憧れの存在だもんね。会えるなら会いたいよね！

でも、ウルクを運ぶ手段がない‼

どうしたものかとうんうん悩んでいたら、先帝様がこちらにやってきた。

「もう炎竜殿は帰られたのかな？」

どこか残念そうな先帝様。

ソルと風竜のことを説明すると、先帝様はとんでもない発言をした。

「儂も行く」

その直後に、後ろに控える警衛隊隊長さんが深いため息を吐いた。

先帝様はサチェに乗ればいいけど、護衛の警衛隊はどうするの⁉

ライナス帝国からワイバーンを呼ぶつもり？

「けいえい隊のみなさんはどうするのですか？」

「アイデリーナを拝み倒す！」

皇太后様を拝み倒す？

意味がわからず困惑していると、皇太后様もやれやれって顔をしているのが見えた。

「わたくしが同行しなければ、カイディーテは他の方の面倒はみませんよ」

ふむ。ひょっとして、カイディーテは人を運ぶ能力があったりするのだろうか？

超便利な土魔法だもの、空を飛ぶなんてこともできるのかもしれない。

でも、聖獣だから契約者以外は運ばないと。

「アイデリーナは原竜《げんりゅう》を見たくないのか？　めったにお目にかかれない風竜も一緒だぞ？」

ワクワクが抑えきれない先帝様の様子に、私はなるほどと頷いた。

「急に納得したような顔をして、どうした？」

私がうんうんと頷いていたのを目撃したヴィが聞いてくる。

「ヴィとの血のつながりを感じるなぁって」

ソルと一緒に風竜が登場したとき、先ほどの先帝様のように落ち着きがなかったし。先帝様にしても、大きな男の子みたいだ。

「少年レヴィンの冒険を読んで、風竜に憧れない男はいないと思うぞ？」

ヴィのどこか気まずそうな返答に、私はもう一度あぁって納得した。

『少年レヴィンの冒険』は大陸中で親しまれている童話……というより、児童文学に近いかな？

田舎育ちの主人公・レヴィン少年が冒険者になりたいと、家を飛び出すところから物語は始まる。そして、仲間ができたり、初めての依頼をこなしたりと、ありきたりな成長もの冒険譚なのだが、そのレヴィン少年がピンチのときに颯爽《さっそう》と登場するのが風竜なのだ。

レヴィン少年は契約者でもなんでもないのだが、最初の邂逅《かいこう》で少年を気に入った風竜がその後も気にかけてくれるという。

ぶっちゃけ、契約者であるヴィは聖獣がそんなことするわけないと、夢も希望もない感想を抱いてると勝手に思ってた。子供らしい一面もあったんだね。

「アイデリーナ、側にいてくれるだけでいいんだ。頼むよ」

皇帝だった威厳はどこへやら……。先帝様は皇太后様に必死にお願いをしているが、皇太后様は美しい微笑みを崩さない。というか、どこか楽しそうなご様子だ。

まぁ、カイディーテの性格を考えるとね。皇太后様が一緒に行かないなら、絶対動かないと思う。

先帝様と皇太后様の攻防を見守りつつ、私はカイディーテに質問した。

「けいえい隊のみんなやうちのウルクを運ぶことができるの？」

ガウと肯定が返ってくる。

「どうやって？」

「グルルル」

うーん、なんか説明をしてくれているみたいだけど……。カイディーテの周りに砂が現れて動いていることから、砂をどうにかしてみんなを運ぶのかな？

「以前、主にせがまれて作ったものに似ているそうだ。運ぶものを固定して砂で運ぶと」

森鬼が通訳してくれたけど、砂のスライダーに似ているのに人を固定するの？　砂だけが動くってこと？

頑張って想像してみようとしたが、まったくもってイメージがつかない。

でも、先帝様がカイディーテなら運べると言うのなら、過去にもそうやって移動したことがあるってことだろう。

私としても、ウルクの希望を叶えてあげたい。

「皇太后様がごいっしょなら、みんなを運んでくれる？」

「……グルッ」

返事にやや間があったことから、契約者以外を運ぶこと自体が不本意なんだろうなぁ。でも、皇太后様のお願いだから聞き入れると。

カイディーテ、健気《けなげ》すぎるよ！

「カイディーテ、無理はしちゃダメだよ？　いやなときはちゃんといやって言ってね。みんなで他の方法を考えるから！　……どうしようもないときはお願いするかもだけど……」

嫌なことはしなくていいって言えたらいいんだけど、皇太后様の立場だと国のためにお願いしたり、命令することもあるかもしれない。

だから、私とかのお願いは嫌だったらちゃんと言ってねってお願いする。

「ガルルル」

「本当に嫌なことは、契約者のお願いでもやらないそうだ」

私が言うまでもなく、めっちゃしっかりしてた！

じゃあ、他人を運ぶのは不本意ではない？

「ひょっとして……運ぶの面倒くさいって思ってる？」

私の問いに、ゆっくり頷くカイディーテ。

面倒臭いのか。それは仕方ないね。面倒臭いって気持ちはどうしようもできないもんね。

自分も面倒臭いときはとにかくやりたくない、動きたくないって思うから、気持ちは理解できる。

カイディーテのやる気スイッチを押せるのは、皇太后様だけなんだね！

「ネマも風竜に会いたいだろう？」

カイディーテとお話ししてたら、なんかこっちにまで飛び火してきた。

「会いたいですけど、カイディーテがい……」

「ほら、ネマもこう言っている」

最後まで言わせてよ！　カイディーテに無理強いするつもりはないんだってば！

「仕方ないですわね……」

皇太后様がついに折れるのかと思ったら、それはもう美しい笑みを浮かべて続けたのが……。

「十日ほど余暇をいただけるならご一緒します」

と、交換条件を出してきた。

「余暇だと？」

先帝様も意外だったようで、一瞬驚いたあと、真剣な表情で考え始める。

皇太后様がお休みを取っても大丈夫か、帰国後の予定などを思い返しているのだろう。

そして、算段がついたのか、返事をしようと口を開くより先に、皇太后様が述べる。

「えぇ。その間の公務は陛下がなさってね。セリューや他の子たちに押しつけては駄目ですよ？」

しっかりと予防線を張る皇太后様に、言葉を詰まらせる先帝様。

皇太后様がお休みしている間の公務を、先帝様が全部引き受けてねってことだけど、大丈夫なのかな？

まぁ、もう退位されているので、皇族としてのお役目くらいだと思われるが。

「わかった。アイデリーナの分も儂がこなす。それでよいか？」

先帝様が決意すると、皇太后様は嬉しそうにお礼を言う。

「カイディーテ、やったわ。ライナスに戻ったら、二人きりでゆっくりしましょう」

カイディーテはグルルと甘えた声を出し、尻尾をパタパタ振って喜びを顕《あらわ》にしている。

なるほど。皇太后様のことが大好きなカイディーテにとって、誰にも邪魔されずに皇太后様と過ごせる時間は間違いなくご褒美だ。

「よかったね、カイディーテ！」

そうだ！　皇太后様にブラシをプレゼントしよう！

皇太后様にブラッシングしてもらったら、カイディーテもきっと喜ぶはず。

カイディーテが協力してくれたら、カイディーテ専用のブラシを作ることができるんだけど。

他人に触られるのが嫌いそうだから見送ってたけど、プレゼントのブラシを気に入ってくれたら、皇太后様に提案してみようかな？

「そうと決まれば、すぐにでも出発するぞ！」

先帝様の言葉に慌ただしくなる警衛隊。

私の方も早く組み合わせを決めないとだ！

私はラース君かサチェに乗せてもらうとして、海は鳥バージョンになって、稲穂を連れて先に行ってもらおう。

星伍と陸星は私とヴィが抱っこかな？

ウルクはカイディーテに任せるけど、心配だから森鬼かパウルについてもらいたい。

バタバタとパウルに指示していたら、お前はこっちだとヴィに抱き上げられた。

パパンが、目からビームを放ちそうな勢いで睨んでるよ！

よく見ると、パパンの背後で陽炎《かげろう》のように何かが揺らめいており、魔力が溢れ出しそうなのかも……。炎が出現する前に収まってくれ！

「オスフェ公も同行したいと思うが、オスフェ公爵夫妻にはあとのことを頼みたい。さすがに貴公たちまでいなくなっては、ミルマ国側にも失礼だからな」

ヴィが王太子としてパパンに指示を出し、パパンは眉間に皺を寄せながら御意と受け入れた。

ママンが当然という表情をしているので、私が先帝様たちに気を取られている間に、こちらでも何かあったのかもしれない。

まぁ、うちの両親の場合、ママンが勝つのは目に見えているけど！

ヴィによってラース君の背中に乗せられると、ほらと星伍を渡される。陸星はヴィに抱っこ

……俵抱きはやめろっ！

「片手の場合はこうよ！」

お腹側から腕を入れて前脚の付け根部分を手のひらで支える。そして、腕で後脚を押さえるように抱え込む。

私では腕の長さが足りないので、実演しても抱えることはできないけど、ちゃんと伝わったようだ。

二匹はギリ小型犬って言える大きさだからこの方法でもいいけど、できるなら両腕で抱っこしてもらいたい。

ウルクたちはどんな様子かと見やれば、警衛隊の隊員に囲まれていた。

「いいか、垂直のときはこうだ！　足は動かせないから、こうやって手をつくんだ」

なぜか前屈をして、地面に手をついて見せる隊員がいた。

「傾斜があるところはこう。重心を低くすると安定する」

というか、なんのレクチャーをしてるの？

「あとはとにかく腹筋に力を入れて、上半身を維持しろ！」

何かを教えている警衛隊員は、皇太后様のところだな。カイディーテの運び方に関係あるのかも？

謎のレクチャーが終わると、いよいよ出発だ。

海はすでに人がいないところで変身して先に行っている。

警衛隊は綺麗に二列縦隊に並び、最後尾にウルクと森鬼、パウルがいた。

ちなみにスピカは、走って追いかけると意気込んでおり、今は準備運動中だ。

先帝様を乗せたサチェが羽ばたき、皇太后様を乗せたカイディーテが咆哮《ほうこう》し、それを真似るようにディーが鳴く。

「では、カイディーテ、お願いね」

皇太后様の言葉にカイディーテは頷くと、片前脚でタシッと地面を叩いた。

地面から水のように砂が湧き、警衛隊のみんなの足に絡みつく。もちろん、ウルクたちの脚にも。

それからどうなるのか見守っていると……。

ザーッという音とともに、先日の砂スライダーのように砂が動き始めた。

ただ、砂スライダーと違うのは、人が上を滑るのではなく、砂が人を動かしている。何を言っているのかわからないと思うが、そうとしか表現できないんだよ！

砂が動くのと一緒に人も動いている。

……あっ！　アレだ‼　動く歩道に似ているんだ！

なんとなくスッキリしたところで、カイディーテが皇太后様を乗せたまま地面に沈んで消えた。

「来るぞ！　気合いを入れろっ‼」

皇太后様の警衛隊隊長が叫ぶと、砂の動きが一気に変化した。

動く歩道が荒ぶる歩道に……。

荒ぶる歩道は建物や地形に沿うようにして動いており、垂直にそびえる建物の外壁もそのまま上っていく。

隊員たちは体が後ろに持っていかれないよう、前屈姿勢で手をついて耐えていた。

「さっきやってたのはこれのためだったのか！」

カイディーテ……契約者以外にはほんと容赦ないのね。

まぁ、ウルクは壁に張りつくこともできるので、垂直は問題ないみたいだし、森鬼もパウルも前屈せずに平然としている。

やはり、体幹が人間離れしているのだろう。森鬼は魔物なので理解できるが、パウルもついに人間を辞めてしまったのか……。

「俺たちも行くぞ」

あまりの光景に呆気に取られていたら、いつの間にかディーたちもいなくなっていた。

「おとう様、おかあ様！　いってまいります‼」

パパンはヴィとタンデムしているのが気に入らないのか、ギリィッて顔していたのが一瞬で笑顔になった。

「気をつけていっておいで。何かあったら、殿下を盾にするんだよ！」

ガシェ王国の臣下として、その発言はいかがなものかと思うが？

様子を窺《うかが》うように、チラリと後ろのヴィを見る。

「盾にするならラースか炎竜殿の方が確実だ」

ヴィは気にした様子はなく、真面目に返してきた。

確かに、ヴィは私より大きいけど、盾には向かないかな。

◆◆◆

空を駆けるラース君の真下では、荒ぶる歩道に翻弄《ほんろう》される警衛隊たちがいた。

ばったり荒ぶる歩道に遭遇《そうぐう》してしまった城下町の人の悲鳴もちらほら聞こえてくる。

「しっかりしろっ！　意識を飛ばすんじゃないぞ‼」

正直言って、このあとちゃんと護衛ができるのか心配だ。

そんな気《き》息《そく》奄々《えんえん》、青息吐息な警衛隊たちと楽しそうに並走しているスピカ。

森鬼に話しかける余裕すら見えた。さすが獣人の身体能力！

そんなこんなで到着したのは、築造流《ちくぞうながれ》のドワーフたちが泊まっている砦の近く。

荒野と呼ぶほど広くはないが、平たく整地してある場所にソルと風竜がいた。

上から見ているだけでも、風竜はソルと同じく正統派なドラゴンって感じがする。原竜と比べると、他の竜種はザ・恐竜って見た目だもんね。

『とっとと帰らぬか！』

『やだね。火のおやっさんが珍しく外に出てると思ったら、いるんだろ？　愛し子が』

ゆっくりと降下していくと、なんか言い合いしてた。

ラース君から下ろしてもらい、ソルの方へ駆け寄る。

「ソルー！」

ソルはもう慣れたもので、私が駆け寄ると頭を下げてなでなでさせてくれる。

相変わらず、鱗とは思えないすべすべ感！　ウルクの鱗と比べると、ソルの方が硬質な感じがする。鱗を叩いたら、金属的な甲高い音が出そうだよね。

リンドブルムは歳を重ねると鱗が分厚く硬くなるので、ソルも同じような性質を持っているのかもしれない。

私がソルの鱗を満喫していると、稲穂がきゅーきゅー鳴いたあと、ソルの頭の上へよじ登った。同じ属性ということもあって、稲穂はソルのことが大好きだ。頭の上でご満悦といった様子で尻尾を揺らしている。

稲穂が堂々と出てきていることに一瞬ヤバいと思ったけど、先帝様と皇太后様の警衛隊には稲穂を紹介済みだったことを思い出した。

「来てくれてありがとう！　王女様もよろこんでたよ！」

大きなソルの頭の上にちょこんとお座りしている稲穂を愛でてから、ソルにお礼を伝えた。

『構わん。まぁ、風の坊主の尻拭いというのは気に食わぬが……』

それは許してあげて。

ヴィもまさか遺跡を埋めることになるとは思ってもみなかっただろうし。

私がソルから離れると、今度は星伍と陸星がソルにご挨拶。ワンワンと元気よく鳴いて、遊びに誘うみたいにソルの周りを駆ける。

『おぉ！　本当に愛し子だ！　ちっちゃい！　なんの種族？』

ソルの横からぬっと顔を寄せてきた風竜。

竜玉のおかげで、風竜の言葉がわかるのはありがたいのだが……なんか軽くない？

「風竜さん、初めまして。私はネマって言うの。種族は人よ！」

『人ってこんなにちっこかったっけ？』

『こやつはまだ幼子《おさなご》ゆえ小さい』

風竜もソルも、そんなに小さいを連呼しないでよくない⁉　私の成長期が戻ってきたら、すぐに大きくなるんだから！

「風竜さんは何か用事があってミルマ国に来たの？」

『あぁ、忘れてた！　新しいのがこっちに来たって聞いて、ちょっくら見にきた』

「新しいの？」

『獅子光《ししこう》のことだ。精霊たちがだいぶ騒いでおったから、興味を持ったのだろう』

ソルは尻尾で風竜をバシバシと叩く。

風竜もソルにやり返しながら、そのときの精霊たちの様子を教えてくれた。

そのとき、風竜はワジテ大陸の方に遊びにいっており、ラーシア大陸の風の上位精霊が知らせにきたのを聞いたらしい。

ワジテ大陸からラーシア大陸に戻ると、海の上で水の精霊が輪になって踊っていたそうだ。

「そういえば、海にいくつも巨大な渦が発生したと報告があったな」

ちょっと離れたところで、ヴィが精霊の仕業だったのかと納得していた。

風竜は、獅子光がどこの国に現れたのかを聞きそびれたので、まずは西の方へ向かってみたと。

ラーシア大陸の西は、イクゥ国と小国家群があるのだが、そこでは風の精霊たちがお祭り騒ぎをしていたとか。

「大きな竜巻が複数確認されたとあったが、それも精霊が原因か」

巨大な渦潮に巨大竜巻……天変地異でも起こすつもりなのか⁉

ヴィの言葉に私が驚いている間も、風竜は精霊の様子を語っていく。

火山の上を通れば、火口で火の精霊が飛び跳ね、溶岩を撒き散らし、雪山の上を通れば、水と土の精霊が楽しそうに転がり、砂漠では風と土、火の精霊が入り乱れて駆け回っていたらしい。

噴火、雪崩、砂嵐……。

ヴィだけでなく、先帝様も報告を受けたという自然災害。

どの自然災害も人里離れた場所で起きたので、人的被害がゼロだったのはよかったと思う。

『んで、火のおやっさんなら知っているかと思って探しにきたら、新しいのだけでなく、愛し子も一緒だっていうから見ていこうと思ってな』

風竜はニカッと笑っているつもりなのだろう。犬が威嚇するときのように、鋭い牙を剥き出しにしている。

精霊たちにいろいろと申したいことはあるが、その前に……。

「風竜さん、ワジテ大陸に行ったの⁉」

ワジテ大陸はラーシア大陸の西の先にあるらしい。

ワジテ大陸に行くには、魔族の人に連れていってもらわないと到達できないってジーン兄ちゃんが言ってた。

大きな魔物に襲われたり、方向がわからなくなる海域があって、船では行けないんだとか。それを聞いたときは、バミューダトライアングルみたいだなって思ったね。

まぁ、ラーシア大陸の人がワジテ大陸に来られないよう、魔族が人為的に起こしている現象なので、ミステリー要素はないんだけどさ。

『愛し子はワジテ大陸に興味あるのか？　あそこは面白いぞ！』

ワジテ大陸の様子がどんなふうなのか、ワクワクしながら続きを待っていると、バチンッと激しい音がした。

『余計なことを教えるでない！』

ソルが尻尾で風竜を叩いたようだ。しかも、風竜がよろめくくらい強く。

ソルさんや。私がワジテ大陸に行くー！　と言い出すとでも思ったの？　さすがにそんなこと……いつか行けたらいいなぁ。

2 原竜くらべ。

結局、ワジテ大陸のことはソルが頑として語らせようとはしなかった。

仕方ないので、別の話題……というか、先帝様たちを紹介する。

「ご拝顔《はいがん》の栄《えい》に浴《よく》し、恐悦《きょうえつ》に存じます。わたくしは青天馬《せいてんば》サチェの契約者、バルガディーノ・ヴィ・ライナスと妻で、地虎《ちこ》カイディーテの契約者であるアイデリーナ・パスディータ・ライナスでございます」

先帝様が恭《うやうや》しく挨拶をする。皇太后様は先帝様の横で綺麗な礼を取った。

こういう光景を見ると、ソルが凄い存在なんだと感じる。

『あぁ、会うのは初めてだな』

『水と地の契約者！　初めましてだね！』

風竜はあれとして、ソルがまともに返事をしているのはちょっと珍しいかも。

風竜が二人に顔を近づけようとすると、即座にカイディーテが間に入って威嚇する。

『そんなに怒らなくても……地虎は本当に嫉妬《しっと》深いなぁ』

風竜はカイディーテ以外の地虎にも会ったことがあるような言い方をした。

地虎が他にもいるって聞いたことないけど、ワジテ大陸にいるのだろうか？

先帝様たちが挨拶を終えると、次はヴィの番。

ソルには久しぶりって挨拶して、風竜にはラース君の契約者ですって自己紹介をする。

次はお兄ちゃんとディーの番なんだけど、お兄ちゃんが自己紹介をする前に風竜がディーを見て驚いた。

『お前さん、もう契約したのか⁉　早すぎるだろっ！　いろいろと面白い場所に連れていってやろうと思ってたのに……』

　と、最後はしょんぼりしてしまった風竜に、ディーも申し訳なさそうに一鳴きする。

「契約者がいたら、その面白い場所には行けないの？」

　契約者がいたら行けない。つまり、契約者にとっては危険な場所ってことかもしれないけど、聖獣が側にいればどうにかできそうな気もする。

『そういうわけじゃないが、契約者の側を離れたがらない奴が多いからな。契約者がいなければ、あちこち遊びにいけるだろう？』

　契約者抜きで遊びたいってことだったのか。

　確かに、契約者を持つ聖獣とでは難しいと思う。

「ソルや他の原竜さんとは遊ばないの？」

『火のおやっさんが遊ぶと思うか？　地の兄貴も寝てばっかりで相手してくれないし、水のちびはまだこちらに来られないよ』

　まぁ、ソルは遊びそうにないけども。地竜も聞いた限りでは地中に引き籠もりっぽいし。……水のちびって水竜のことだよね？

　私がライナス帝国に来てちょっとくらいのときに、水竜が神様のもとへ帰っていった。その後、新たな水竜が来たとは聞いていたが……。

「水竜さん、こちらに来られないってどこか違うところにいるの？」

『水のちびはワジテ大陸の湖を住処《すみか》にしてんだが、前の奴と違って気が弱くてな。住処から出たがらないんだ』

　神様から与えられた知識があっても、いきなり知らない場所で生活しろって、今さらだけど結構な無茶振りだな。

「ディーが離れても大丈夫だと思ったときは、遊びにいってもいいからね。僕もヴィルと一緒にいる時間がそこそこあるし……」

　お兄ちゃんがディーにそう伝えると、ディーは淋しげな声でグルグル鳴き始める。

「でも、ディーは外で遊ぶのが好きだっただろう？　せっかく飛べるようになったんだし、前みたいにいっぱい遊んで欲しいなって」

『契約者は話がわかるいい奴だな！』

「でしょ！　私のおにい様なのよ！」

　私がドヤ顔をつけて自慢げに言うと、お兄ちゃんは苦笑しながら風竜に名乗る。

「ディーは以前の記憶があるので、聖獣としてまだ未熟な部分があると聞いています。他の聖獣殿たちの力の使い方を見ることもディーには必要だと思うので、よろしくお願いいたします」

　お兄ちゃんは風竜に頭を下げた。

『新しい光の、契約者と離れるのが不安なら竜玉《オーブ》を作ればいい。獅子光の場合は陽玉《ようぎょく》だったか』

風竜曰く、その陽玉とやらも竜玉と同じで、形を変えられるし、聖獣の許しがあれば聖獣の力も借りられるそうだ。

『聖獣が作る玉《ぎょく》は契約者以外に与えても問題ない。愛し子にもおれの竜玉をあげようか？』

あげようかって言った次の瞬間には、ソルの尻尾で殴られていた風竜。

そういえば、竜玉は原竜が気に入った相手に渡すこともあるんだった。

ソルが不機嫌そうなので、風竜の竜玉は遠慮しておいた。また暴走したら困るし……。

「教えてくださり、ありがとうございます。ディー、戻ったら試してみようか？」

「ぎゃう！」

ディーは嬉しそうに、尻尾をゆっさゆっさと揺らしている。

ちょっと羨ましいなって思ったけど、考えようによっては陽玉があればディーは一人でもライナス帝国に遊びにこられるというわけで……。

つい、顔がニヤついた。

「ネマ、炎竜殿に新しいお友達を紹介したら？」

お兄ちゃんにそう言われてウルクに視線をやると、なんかビシッと固まっていた。人間で言うなら、気をつけをしている状態に近い気がする。

そんな緊張ぎみのウルクを呼び寄せ、ソルと風竜に紹介する。

「この前行った遺跡にいたムシュフシュのウルクだよ！　それで、尻尾の先についているのがスライムの紫紺《しこん》」

『元は南の荒れ野を住処にしていた名もなきムシュフシュ。火の原竜様にお許しを得、竜の娘に侍《じ》しております』

　ウルクは頭を低くして、堅い感じの挨拶を述べる。紫紺は短くむっと鳴くだけだったけど。

これ、ウルクの言葉がわからなければ、ウルクが降服しているようにも見えるな。

ソルは、私の相手は大変だとかなんとかウルクに声をかけた。風竜は、自分には関係ないと思ったのか、一言もなくスルー。

　その沈黙の間が重く感じたので、私はお姉ちゃんから葡萄《ぶどう》を受け取り、ソルと風竜が見やすいように両手に乗せて高く掲げる。

「あと、スライムの赤ちゃんで葡萄も来たの！」

『お主はまたそうやって……』

『へぇ、火と毒の混ざりかけは初めて見るな』

ソルには呆れられ、風竜は物珍しそうに葡萄を見つめた。

紫紺と葡萄はウルクの毒針対策係だから、いつもみたいにうっかり増やしたわけじゃないと、ソルにはしっかりと説明しておく。

　みんなの挨拶タイムが終了したので、ここからはなでなでタイムだ！

「風竜さん！　なでなでさせてください！」

『おれに触りたいの？　いいよー』

　率直にお願いすると、風竜はあっさりと許してくれた。

　お礼を言って、いざ！　なでなで開始‼

　るんるん気分でまずは顔から触れてみる。

　ソルと同じように表面はひんやりすべすべ。首元も、お腹も同じくすべすべ。

　ふむ、この肌触り……ソルとほぼ一緒だな！

　ソルとの違いを探すべく、ソルと触り比べをしながら背中も尻尾も翼も、なんなら爪の先まで全部触ってみた。

　結果、全部ソルと一緒‼

　同じ原竜という種類だとしても、ここまで個体差がないのってどうなの⁉

　ラース君とカイディーテは、あんなにはっきり違うのに！

　神様の手抜き？　それとも、同じであることに何か意味があったりするのだろうか？

「ソルと風竜さん、そっくりだね……」

『そりゃあ、おれも火のおやっさんも原竜だしな。違うのは自我と属性くらいしかないだろうよ』

　原竜ってそんなに個体差がないのか。ってことは、水竜も地竜も一緒ってことで……。ちょっと残念。

　神様、そこはもっとこだわって欲しかったなぁ。

『あ！　でも、鱗はちょっと違うかもしれん。愛し子、おれの鱗を剣か何かで叩いてみな』

急にそんなことを言われてびっくりした。

いや、さすがに剣とか持ってないし、警衛隊に借りられたとしても持ち上げられないと思う。

待てよ。叩くだけなら短剣とかでもいいのでは？

うさぎさんリュックを下ろし、中からゴーシュじーちゃんにもらった短剣を取り出す。

風竜が抜き身の方がいいと言うので、鞘から抜く。

そして、おそるおそる短剣を風竜に当てると、コッと小さく音がした。

『もっとガッとやらないと』

傷つかないとわかっていても、生き物に刃物を振るうのは恐ろしい。

覚悟を決めて、えいやっと勢いをつけて短剣を叩きつけると、予想外の音が響く。

――リーン……。

涼やかで伸びのある音が鱗から発生したというのか？

『次は火のおやっさんを叩いてみろ』

目を見開いていたら、風竜は楽しげに言う。

さすがにソルを叩くのは……とソルに視線をやれば、好きにしろと言わんばかりに尻尾を私の前に置いた。

ソルと風竜の周りを走り回っていた星伍と陸星も、いつの間にか側に来ており、ワクワクと私を見つめている。

ならば遠慮なく！

ソルの尻尾に短剣を振り下ろす。

カーーンッと、どこかで聞いたことあるような音がした。

「んー？」

なんの音に似ているのか思い出せない。思い出したい。

もう一度、叩いてみる。今度は連続で。

カーンカーンカーンとリズムを刻めば、あるものが閃《ひらめ》いた！

結婚式のときの鐘の音‼

鐘といっても形状などで音は異なるが、お寺の鐘のような低音ではなく、小さめの鐘が発する高音に似ているのだ。

思い出せてすっきりしたけど、今度は風竜の音が何に似ているのか気になってきた。

「風竜さん、もう一回やってもいい？」

『どうぞー』

じゃ、遠慮なく。

リーン、リリーンと、ソルのときとは違うリズムで叩いてみた。

するとどうだろう。どこか懐かしい音になった！

前世の実家で、夏が過ぎてもそのままで、秋が深まった頃にしまわれたガラス製の風鈴。その音にそっくりだ！

「どっちもきれいな音がするけど、さっきソルが尻尾で風竜さんを叩いていたときには鳴らなかったよね？」

『威力の差だろ。火のおやっさんは容赦ねーから』

この前、森鬼とウルクがやり合ったときみたいな感じってことかな？

鱗で受け止められる衝撃のときは綺麗な音が出て、体の内部に伝わるような衝撃のときは普通の打撃音みたいになると。

……ソル、風竜に手加減なしで叩いてたんだな。

「ほとんど同じなのに、うろこの音が違うのは不思議だね」

『なんで違うのかまでは知らないけどな』

風竜が知らないなら、ソルはどうかと聞いてみても、知らないと返答された。

水竜と地竜はどんな音なんだろうか？　会ったときの楽しみが増えたぞ！

そういえば、地竜のことはソルから聞いたけど、風竜は地竜のことをどう思っているのかな？

せっかくだし聞いてみようとしたら、パウルにそろそろ戻る時間だと声をかけられた。

なでなでに時間をかけ過ぎてしまったようだ。体感ではまだ来たばっかりって感じなのに、楽しい時間はあっという間だね。

「風竜さん、また遊んでくれる？　私、今はライナス帝国の宮殿にお世話になっているんだけど……」

『ライナス帝国か……あいつ次第だね』

と、風竜は尻尾でカイディーテを指す。

そういえば、ユーシェもソルがライナス帝国に来たときに怒ってたな。縄張り意識みたいなものがあるのだろう。

「ユーシェもいやって言うかな？」

『……あぁ！　新しい方の青天馬か！』

風竜、ユーシェの名前を忘れてたの!?　それはユーシェが可哀想だよ。

「ユーシェやサチェとは遊んだりしないの？」

青天馬も空を飛べるので、風竜と一緒にお出かけもできるよね？

『いや、あいつら契約者の側から離れたがらないし』

そうでした。

ユーシェは私とはよく遊んでくれるけど、皇帝陛下のことが大好きなのは一目瞭然でしたね。

「じゃあ、私がガシェ王国に戻ったら遊ぼう！　ラース君、いいよね？」

風竜がガシェ王国に遊びにきてもいいよねって意味でラース君に聞いたら、ちょっと不機嫌そうにガルッて鳴かれた。

「国から出ないか俺が同行するのが条件だと言っている」

「えぇぇー！」

ラース君の言葉を通訳してくれたヴィに対して、私は不満を隠さずに声を上げる。

すると、ヴィが当たり前だろうと返してきた。

いや、ラース君の気持ちはわかるよ？　もれなくヴィがついてくることがだね……。

「そんなに俺と一緒が嫌なら、このまま王宮に連れて帰ろうか？　ん？」

「けっこーでしゅ！」

ヴィが片手で私の両頬をがっしりと掴んでいるからしゃべりづらい！

無理にしゃべったら、ほっぺの内側をちょっと噛んでしまった……。痛い。

痛みで顔を顰《しか》めたことに気づいたのか、ヴィがニヤリと笑った。この腹黒い笑みが憎たらしい！

そんなヴィの手をお姉ちゃんがピシリと叩き落とす。つか、叩いて、ガシッて掴んで、ポイッ‼　とかなりの早業だった。

「そう軽々しく淑女に触れるものではありませんわよ、殿下」

「そうだよ。ネマが可愛いから触りたくなる気持ちはわかるけど、自重しようね」

お姉ちゃんとお兄ちゃんに責められ、ヴィは降参だというように両手を挙げる。

「はいはい。俺が悪かった」

悪かったなんてこれっぽっちも思ってないな！

なので、私はささやかな反撃をすることにした。

「ヴィが意地悪するなら、風竜さんと遊ぶときに連れていってあげないからね！　保護者ならおにい様とディーでもいいんだし」

私がそう告げると、ヴィはちょっと悔しそうにそうきたかと呟いた。

風竜に憧れているなら、一緒に遊べないのはさぞ悔しいだろう。

「父上も協力してくれるだろうから、風竜殿と遊ぶときは僕を呼んでね」

キラキラな笑顔のお兄ちゃん。どうやら、ヴィを弄《いじ》るのが楽しいみたい。

でも、遊ぶならみんなで遊ぶのが一番だよね。

「お家に帰ったら、ドトル山のときみたいにみんなでいっしょに遊ぼうね！　ソルと風竜さんも呼んでさ。アリさんにも会いにいきたいし」

広い場所なら聖獣や魔物っ子たちも遊び回れるしね。

「あのとき、お兄様は同行できないと、とても残念がっていたものね」

レスティンの怪我を治すお薬の材料を探すために、砂漠を越えて、海に面する崖まで行ったり、雪山で野営したりと大変だったけど、とても楽しかった！

アリさん、元気にしているかな？

「本当だよ。なのにヴィルだけちゃっかりライナス帝国に行っちゃうし……」

拗ねているお兄ちゃんが可愛い。

お手紙にもヴィが羨ましい、僕と代わって欲しいみたいなことをずっと書いてたもんね。

「ヴィル、名残惜しいがもう戻らないと、午餐会《ごさんかい》の準備に間に合わなくなるぞ」

先帝様がそう声をかけてきて、私ははっとしてパウルの方を見やる。懐中時計を開き、時間を計っている様子。

私が見ていることに気づいたパウルは、なんでもないことのようにさらりと爆弾を投下した。

「あと一色《いちしき》で奥様とのお約束の時間です」

先帝様が言っていた午餐会。立太子された第一王女様のパレードが終わって、午後から開催されるので間に合う時間に戻ってくるようママンに言われていた。

もちろん、間に合う時間というのは、衣装チェンジなどの身嗜みを整える時間を含む。

約束の時間に遅れたとなれば、ママンのお説教待ったなしだ。

私だけでなく、お兄ちゃんもお姉ちゃんも事態の深刻さを理解して、顔が固まっている。

「パウル、急いで戻るわよ！」

真っ先に復活したお姉ちゃんが、パウルに指示をする。

私とお兄ちゃんは、ソルと風竜に急いで戻らないといけないことを告げた。

『おれが送っていこうか？　そこの奴らもまとめて、あそこの城に下ろせばいいんだろ？』

風竜の申し出に驚いた。

「みんなを一気に運ぶことができるの!?」

『おれ、風竜よ？　というか、天虎《てんこ》もできるけど？』

ラース君もできると言われて、それには納得だ。だけど、ヴィの関係者でもない警衛隊を運んだりしないと思う。

「いいの？　知らない人もいっぱいいるのに……」

『いいよ。風で運ぶだけだし』

なんとありがたい！

早速、先帝様に風竜が運んでくれると報告する。

そして、風竜はみんなを一ヶ所に集め、一定の距離を空けるように言う。

その中にお姉ちゃんが交じっているのは……見なかったことにしよう。

私と稲穂はソルに乗っており、星伍は海、陸星はお兄ちゃんと一緒だ。そして、すでに空中で待機している。

風竜に乗せてもらうのはまた今度だねー。

『じゃあ、いくぞ』

みんなが集まっている周りを風が囲うように吹く。

その風がブワッと膨らんだように見えたと思ったら、スーッとみんなの体が浮き始めた。

無重力状態で物が浮いたときに似ているかも？

ふわふわと浮くものだから、バランスが取れずに隣の人とぶつかる者、二、三人で手を繋いで上手くバランスを取っている人たちもいる。

お姉ちゃんなんか、スピカと手を取り合ってキャーキャー言っているんだけど、めっちゃ楽しそう……。私もあっちに加わればよかった！

無重力体験だったなんて聞いてない‼

全員が浮かび上がったのを確認し、風竜もその大きな翼で浮き上がる。

そして――。

『んじゃ、ぶっ飛ばすぞ！』

宙に浮いたみんなに向かって、力強く翼をはためかせて、風を打ち当てた。

その風に押されるように飛んでいくみんな。

わーとかきゃーとか悲鳴が聞こえるけど、見ている限りでは、そこまでスピードが出ているようには感じない。

たぶん、ゆっくり安全運転の車くらい？

風竜はゆっくりと飛びながらみんなを追っていく。

『風が気持ちいいだろ？』

とか言っているので、ああやって人を運んでいるときのリアクションを楽しんでいるのかもしれない。

「風竜さんって、ちょっと変わってる？　気安いというか、他の種族に対して壁がないよね？」

初めはその軽い口調に驚きもしたが、慣れてくるとソルや他の聖獣たちよりも人間に対して寛《かん》容《よう》なんだと気づいた。

『あれの性質が風だからだろう。風と水は常に流れ、形を持たぬ。ゆえに自由だ』

ソルの言葉はいつも難しい。というか、抽象的すぎて理解できないことの方が多い。

「つまり、自由にあっちこっち行ったり、交流したりしているってこと？」

『そうだ。あれが興味を持てば関わるし、なければ通り過ぎるだけだ』

ようは、ソルや地竜に比べて、コミュ力が高いってことか。

「水竜さんも？」

『あぁ。新しいのはまだこの世界に慣れているさなかだから移動はしていないようだが、慣れればあちらこちらに動き、海上で嵐を呼んだりして遊ぶようになるだろう』

嵐を呼んで遊ぶって……そんなことしていいの？

いや、地竜も寝ぼけて地形を変えたりしているから、嵐ならまだ可愛い方か??

原竜のとんでもない行動について考えていたら、あっという間に王城に到着した。

風竜に運ばれたみんなはあれだけ騒いでいたにもかかわらず、地上に下ろされるとケロリとしていた。ウルクを除いて……。

『気持ち悪い……』

ウルクはくたぁっと地面に横たわり、慌ててお兄ちゃんに治癒魔法をお願いする。

どうやら、酔ってしまったようだ。

砂のスライダーのときもそうだったので、ウルクはスピードが出るものは避けた方がいいね。

ちなみに、お姉ちゃんとスピカは大満足のようで、楽しかったと笑顔で感想を述べていた。

私も体験したかった……。

3 午餐会も堪能するぞ！

「ずいぶんゆっくりしてきたのね」

ママンに遅いと嫌味を言われ、兄妹揃ってごめんなさいをする。

結局、約束の時間をちょっとオーバーしてしまったのだ。

ソルと風竜にお別れの挨拶をするときにちょっとあって……。

「まぁ、いいでしょう。急いで準備なさい」

パパンとママンはもう準備を終えていて、今は優雅にティータイム中。

お留守番をしていたシェルとジョッシュに別室に案内されて、まずは体を綺麗にしろと風呂場に突っ込まれる。

湯船に浸かる時間はないので、シャワーもどきでパパッと髪と体を洗われた。

出たら出たで、これまた魔法でパパッと全身乾燥。

ほんと、魔法って便利ダナァ。

そして、用意されている衣装に超特急でお着替えして、髪も綺麗に整えてもらい終了。

うちのスーパーマルチな使用人たちのおかげで、三十分もかからずに終わった。凄くない⁉

「これで午餐会の前に少しはゆっくりできますね」

なんと、私たちを休ませるために準備を急いでくれたのか！

準備を手伝ってくれた使用人みんなにしっかりとお礼を言って、パパンとママンがいる部屋に戻る。

部屋には両親だけでなく、ジーン兄ちゃんとミルマ国の官吏服を着ている知らないおじさんもいた。

何やら真剣な様子のパパンとジーン兄ちゃんと、神妙な面持ちのおじさん。

声をかけづらくて、私たち兄妹はそーっと別室に戻ろうと目配せをし合う。

しかし、官吏のおじさんと目が合ってしまい……。

おじさんは私たちに気づくと、慌てて近くまでやってきて——土下座した。

「えええっ⁉」

絨毯《じゅうたん》に額を擦りつける勢いの土下座なんて初めて見たよ！

前世でも映像でしか見たことない土下座を、なんの前触れもなくされてどうしたらいいのかと周りに助けを求める。

だが、お兄ちゃんもお姉ちゃんも驚愕で固まっており、パパンとジーン兄ちゃんも目を見開いている。

ママンも困り顔で、唯一平然としているのは森鬼のみ。

部屋に待機している使用人たちもみんな、動けないでいた。

「どうか、太王夫《たいおうふ》殿下、王子殿下とお会いいただけますよう、お願い申し上げます」

よくわからないが、お兄ちゃんに言っているんだよね？

そっとお兄ちゃんに場所を譲ろうとしたら、肩に手を置かれて止められた。目で、私に対して言っているんだよと訴えてくる。

いやいや、どう考えてもお兄ちゃんでしょ？　ディーと契約したんだし、それでだよ！　と、私も目で訴える。

「子供たちが困っているので、どうか立ち上がってください」

ジーン兄ちゃんがおじさんを立たせようと手を差し出す。

しかし、おじさんは土下座のまま首を横に振り、なおも訴える。

「いいえ。わたくしめの命を代償にしてでも、どうか一度お会いしていただきたく！」

命を代償って……重っ‼

なんでミルマ国の王族に会うのが、こんなに重々しい話になるの？

王女様たちのときはこんなんじゃなかったよ⁇

「まずは子供たちに説明するべきです。突然、捨て身の礼をされては、驚くのも仕方ないでしょう」

ジーン兄ちゃんがそう言ったあと、おじさんに何やら耳打ちをした。

すると、おじさんが慌てて立ち上がる。

「突然、このようなことをしてしまい、申し訳ございません。まさか、挺身礼《ていしんれい》があのような意味を持つとは、わたくしめが無知でございました」

どうやら、ミルマ国では土下座のことを挺身礼というらしい。

ガシュ王国では捨て身の礼と呼ばれているが、この礼を使う人は限られている。

何せ、もう後がない！　って状態の人が恋人や伴侶に謝るときの礼だからだ。

そう……浮気がバレたり、夫婦喧嘩をして別れ話にまで発展し、パートナーに許しを乞うときに使う。

土下座のように平身低頭するのは、何をされても構わないという意思を表しているんだとか。蹴ろうが殴ろうが、さらには首を切り落とされてもいいという、本当に捨て身で行わなければならない。ゆえに、恋愛沙汰での最終手段とも言われている。

なので、ミルマ国の挺身礼は我が国ではこんな意味になるんですよと、ジーン兄ちゃんが教えたんだと思う。

だから、おじさんは慌てて立ち上がったんじゃないかな。

「それで、王族の方が会いたいと望んでいるのは、誰のことでしょうか?」

「ご兄妹、お三方ともにでございます。多大なるご迷惑をおかけしたことを謝罪したいと申しつかっております」

それを聞いて、私たち兄妹ははて？　っと顔を見合わせた。

第二、第三王女様がやらかした件は正式に女王陛下から謝罪を受けているし、クーデター未遂事件のことなら、それこそ国の代表者同士で話はついている。

ゆえに、こんなタイミングで謝りたいと言われても、何か裏があるんじゃないかと勘繰《かんぐ》ってしまうよね。

「お父様とユージン兄様はどうお思いでして？」

お姉ちゃんが、この話を受けるべきなのかとパパンたちに問う。

「私は、女王陛下より直接お言葉を承っているので、これ以上の謝罪は不要だと考えている」

パパンの答えは、貴族として当たり前なものだった。

他国とはいえ、国のトップが謝ったのだから、相手側の顔を立てることも必要だ。

ここで太王夫と王子の謝罪を受けたら、女王陛下の面目丸潰れどころか、女王陛下の謝罪だけでは足りないのかと臣下たちの感情を荒立てることになりそう。

あんなことがあったあとだから、オム族の皆さんはなおさらピリピリしていると思う。

「外務の長としては、今でなくてもいいと思っている。両殿下のご都合にもよるけど、明日では駄目なのかな？　どうしてもと言うのであれば、オスフェ家の滞在を延ばすことも可能なんだし」

ジーン兄ちゃんは、午餐会の前にという部分が気になっているようだ。

あちら側だって、私たちがソルと風竜に会いにいっていたことは知っているだろうし、わざわざ時間にゆとりのない今に言ってくるのが腑《ふ》に落ちないと。

「そ、それは……できるだけ早い方がいいと仰っておりまして……」

しどろもどろな官吏のおじさんの様子から、太王夫から詳しい理由までは聞かされていないのだろう。板挟みになっていて、ちょっと可哀想。

お兄ちゃんとお姉ちゃんは顔に出してはいないが、面倒臭いと思っている気配が漂《ただよ》っている。

「わたくしはお兄様の判断にお任せいたします」

面倒臭いからといって、お姉ちゃんはお兄ちゃんに丸投げした。それなら私もーと、お姉ちゃんに続く。

「我がオスフェ家の当主と外務大臣であるディルタ卿がこう仰っているので、両殿下にお会いするのは後日ということでお願いできないでしょうか？」

パパンとジーン兄ちゃんには逆らえないんですよーってことを含ませつつ、会うこと自体は甘んじて受け入れますと。

お兄ちゃんは、僕も板挟みで困っていますといった感じなので、本当のところはわからない。私が捻《ひね》くれすぎかもしれん。

官吏のおじさんは一度お兄ちゃんの意向を伝えるべく戻り、再びやってきた。明日でも構わないから会って欲しいとのこと。

それを聞いたパパンとジーン兄ちゃんはやっぱりねって、官吏のおじさんがいないときに言ってた。

よくわからないけど、二人の予想通りだったのだろう。

最終的に、明日、離宮まで迎えにくると言って、官吏のおじさんは部屋をあとにした。

官吏のおじさん、私たちと太王夫を行ったり来たりして大変そうだった。

ただ、せっかく私たちが休めるようにと使用人たちが頑張ってくれたのに、疲労感は増しただけだった。

午餐会も立太子の儀と同じく、魔物っ子たちを連れていけない。

ウルクは聖獣と同じ扱いをしてもらっているので連れていけるけど、星伍たちは森鬼、スピカとお留守番。

パウルたち執事組は会場内まで同行するが、午餐会中は壁際で待機することになっている。

これに、護衛の面が不安だとパパンが文句を言う。あの地獄絵図を作った本人がいるのに何を言ってんだかと呆れた。

「悪い人が乗り込んできても、おとう様がいるから大丈夫だよ！」

「ネマのことは私が必ず守るからなっ！」

力強く抱きしめられて苦しかったけど、パパンの気持ちはとても嬉しい。

パパンがぎゅっとしたせいで、私の衣装に皺がつくでしょってママンがちょっと怒ってたけど。

パパンとママンのおかげで、ちょっと緊張が解けた。

ライナス帝国の面々が先に入場し、その次は王妃様とヴィ。パパンとママンのあとに、ジーン兄ちゃんと私が呼ばれる。

午餐会のエスコート役にはジーン兄ちゃんがついてくれたのだ。

会場の一番奥にミルマ国王族の方々の席があり、招待客の席は各国ごとに大きな長いテーブルに用意されていた。

テーブルの上には、綺麗にカトラリーがセッティングされているが、それよりもまず目が釘づけになるものが！

「……魔石？」

私は驚きながらも声を抑えて呟いた。

前世では、テーブルの上のアレンジって生花を飾って、可愛らしい形に折られたテーブルナプキンが置かれている場合がほとんどだった。

友人の結婚式の披露宴くらいしか経験なかったけどさ。

こちらの世界もほぼそれに近い。

つまり、テーブルの上には生花が飾られているのが普通なのだが、このテーブルの上にはシャンデリアな魔道具の光を受けて、キラキラと輝く芸術品が飾られている。

「人工魔石の生産と加工はミルマ国の主要産業だから」

隣のジーン兄ちゃんがそっと教えてくれた。

確かに、主要産業で国力を見せつけるにはもってこいの舞台。

いやいや、それにしても凄いよ！

一つの魔石から切り出したものもあれば、小さな魔石を複雑にカットして組み合わせたものもある。

モチーフもお花だったり、聖獣のミニチュアだったりと、たくさんあって全部鑑賞したいくらいだ。

ちなみに、私たちのテーブルはお花だった。王妃様がめっちゃ喜んでいる。自分の部屋に飾りたいとまで言っているので、もしかしたら購入する気なのかも。

全員の入場が終わり、着席すると、宰補《さいほ》さんが女王陛下の入場を告げる。

どうやら、また宰補さんが司会進行役みたい。

女王陛下と王配様が席の横で一礼する。

私たち招待客は着席のまま、その礼を受けるのだが……私はそれが落ち着かない。

ガシェ王国では立って迎えるのがマナーだから。

次に、第二、第三王女様が入場し、王子様が続く。太王母夫《たいおうぼふ》両殿下のあとに、本日の主役である第一王女様もとい、王太女殿下が入場された。

さて、ここからが長いぞ！　ずーっと挨拶が続くからね。

女王陛下の挨拶、王太女殿下の挨拶、各国代表のお祝いの言葉……。

ライナス帝国は先帝様が、ガシェ王国は王妃様がお祝いの言葉を述べた。イクゥ国は外交の一番偉い人らしい。

イクゥ国は獣人が多い国だと習ったが、テーブルに座っている人は全員人間だった。

それから小国家群の国々へと続き、私は飽きた。

なんで行事でスピーチする人って長々と話しちゃうんだろう？

スピーチは端的にわかりやすく！　これ大事‼

挨拶が終わったら乾杯して、ようやく食事がスタートだ。

午餐会の食事も中華風なものだろうと期待していた。

この大きなテーブルに満漢全席みたく、たくさんの料理がズラーッと並ぶ光景はさぞ圧巻だろうと。

配膳係の人が王妃様やヴィの前にお皿を置いていくのを見てがっかりした。

まさかのフルコース方式だったよ……。

そして、自分の番になり、お皿の上の料理を見て首を傾げそうになった。

前菜なので、量が少ないのはわかる。

だが、この料理は一口サイズの小さい料理が十種類ほど載せられていた。

彩りも様々で、卵っぽいものや煮凝りっぽいもの、野菜の漬物っぽいものもある。

前菜が行き届くと、王太女殿下がグラスを掲げて『楽しいひとときを』とお決まりのセリフを言い、会場内に音楽が流れ始めた。

これ以降はおしゃべりをしても問題ないので、早速ジーン兄ちゃんに料理のことを聞いてみる。

ジーン兄ちゃん曰く、ミルマ国独特の文化らしい。慶事《けいじ》の正餐《せいさん》は、料理のメニューが多ければ多いほどよいとされているので、少しずつ楽しめるようにどんどん小さくなっていったそうだ。

なるほどと、ジーン兄ちゃんの説明を聞きながら、気になっていた煮凝りっぽいものを口に入れる。

予想していた味とは異なり、酸っぱくて口がもにょもにょしてしまった。

卵っぽいものは、だし巻き卵みたいで美味しかった。

一番感動したのは、五目ご飯っぽいものが出てきたことだ。

ミイの実をたくさんの具材を入れて炊いたもので、味はちょっと薄め。でも美味しい！

今まで、こっちの世界の食事に不満とかなかったんだけど、本格的に和食の食材を探してもいいかもしれない。

「ネマはミイの実が相当気に入ったようだね」

五目ご飯もどきをもりもり食べる私を見て、ジーン兄ちゃんがそう言った。

「うん！　いろいろな調理方法で美味しい料理になるのがすごい！」

お粥だけでなく、チャーハンもどきやおはぎもどきにも使われていたミイの実。

つまり、白米と同じくらい様々な料理に応用できるはず。

さらに、醤油と味噌があれば完璧だ！

ライナス帝国に戻ったら、いろいろと実験してみようかな？

それにしても、品数多すぎない？　これで六皿目で、一皿に十から二十種類ほどの一口料理が載っていた。

さっきのミニ点心セットは目でも楽しめたけど、メイン料理はまだか⁉

七皿目……クップレの何か。

見た目は白身魚の焼いたものに似ているけど、クップレの意味がわからずジーン兄ちゃんに質問してみた。

「クップレはいわゆる魔蟲《まむし》だね。ミルマ国の一部の部族では、魔物を食べる習慣がある」

なるほど、魔蟲だったか。

ジーン兄ちゃんの説明によると、魔蟲全種の食べ比べセットのようだ。

魔蟲の種類分けは、甲種《こうしゅ》、跳種《ちょうしゅ》、飛種《ひしゅ》、剣種《けんしゅ》、幻種《げんしゅ》の五種類、お皿の白身を数えてみると、確かに全部揃っている。

甲種と跳種は、レニス近くの森で捕まえて、コボルトたちと一緒に食べたことがあったな。

エビやカニの味を薄くした感じだったようなと思いつつ口に運ぶと、しっかりと味がついていて美味しい。甲種の肉は塩気がきいているし、跳種はちょっとピリ辛で、例の見た目は枇杷なトウガラシもどきが使われているらしい。

ジョッシュの言う通り、希釈ありきの香辛料のようだ。

初めて食べる飛種は貝みたいな歯応えがあって、剣種はタコやイカみたいな弾力があった。

そして、本当に食べられるのか疑問だった、毒を持つ幻種。

幻種の毒は外側、魔蟲の表面に粉状でついているものなら食べられるんだとか。

「幻種の毒粉は、幻覚や幻聴、あとは酩酊感を起こすもので、そこまで害はない。たまに、嘔吐や下痢に当たることもあるけど」

ジーン兄ちゃんはどれも経験があるらしい。

しかし、食事中にその話題はやめてくれ！　聞こえた人の食事の手が止まったよ‼

毒の不安を押しやり、幻種のお肉を口に……。

こ、これは‼

他の魔蟲は魚介類もどきだったのに対して、幻種の味はチーズっぽい。

歯応えのもきゅもきゅした感じが相まって、モッツァレラチーズ‼

魔蟲もあっという間に食べ終えてしまった。

その後、メインのお肉、食後のデザートセットまで堪能し、私も寄生している黒《こく》も大満足だ！

午餐会が終わると、会場を変えて交流タイムとなる。

でも、自然と男女に分かれ、女性はテーブルでお茶を飲みつつ、男性はお酒を手にして立ったまま談笑していた。

ミルマ国の王族ももちろん参加しているが、その中に第二、第三王女様の姿はない。

国の面目を保つために、立太子の儀と午餐会にだけ参加させたようだ。

私とお姉ちゃんはパパンの要望により、挨拶回りには同行せず、端っこの席で大人しくお茶をしている。

ウルクがいい感じに人避けに役立ってくれているので、交流会が始まってしばらくしても、私たちに話しかけてくる人はいなかった。

お姉ちゃんとまったりしながら、途切れることなく話しかけられているお兄ちゃんを眺めたり、胡散臭い王子様スマイルを浮かべたヴィの愚痴をお姉ちゃんと楽しんだ。

サチェとカイディーテはどうしているのかなと会場を探すと、先帝様たちはイクゥ国のお偉いさんたちに囲まれていた。心なしかカイディーテの機嫌が悪そうなんだが……。

その後、挨拶回りを終えたママンと合流し、他国のご夫人方のテーブルへ連行された。

お上品な会話って疲れるね。

でも、パスディータ国の侯爵夫人のお話は楽しかったなぁ。皇太后様の母国なんだって。

今は天災続きで収穫量が落ち込んでいるけど、天災にも強い作物を研究しているんだとか。

品種改良のノウハウがあるなら、技術協力とかできないかな？

やっと一連の行事が終了し、離宮に戻ったときにはもうヘトヘト。

またもやお風呂でうたた寝してしまい、スピカに怒られてしまったよ……。

4 遠い親戚のお付き合いはどうするべきか。

パパンたちの帰国が明後日に迫り、使用人たちは少しずつ荷造りを始めることになった。

太王夫様とお会いする約束があるため、私たちを着飾ったあとでだが。

「私とセルリアも同行するが、魔物たちはみんな連れていくこと。絶対に隙を見せてはいけないよ」

と、パパンから強く念押しされた。

そんなに危険人物なのか⁉

森鬼やジーン兄ちゃんの話から想像すると、厄介な人物ではあるみたい。ガシェ王国の王族だと考えたら、ヴィみたいに腹黒くてもおかしくはないけど。

お迎えの御輿《みこし》に乗って、家族全員でまずは王城へ。

そこから、ちょっと豪華な談話室へ案内された。

入室すると、なんか空気がピリピリしたような気がする。

護衛要員の魔物っ子たち、ウルク、森鬼に変わった様子はないから気のせいかな？

「無理を言って呼び立てて申し訳ない」

柔和な雰囲気のおじいちゃんとアイドル顔の美少年が笑顔で迎え入れてくれた。

おじいちゃんこと、太王夫様はヴィとは似ていない。王様とも似ていないと思う。共通点は目が紫色ということくらい。

ガシェ王国の王族の特徴は、容姿よりも性格に現れるのかもしれないね。

美少年は王子様で、アジア的な顔つきもあって、某芸能事務所にいそう。

まぁ、お兄ちゃんの方が美少年だけど‼

軽い挨拶を終えて全員が着席すると、太王夫様は本当に王女様たちのしでかしたことを謝ってきた。

「わたしが孫可愛さに口を出してしまったせいで、オスフェ家の面々には迷惑をかけた。この通りだ」

そう頭を下げた太王夫様を止めに入るパパン。

「その件に関しましては、女王陛下直々にお言葉をいただいております。これ以上は過剰となりますので、ご容赦ください」

パパンにこう言われては、王子様が続いて謝罪することはできない。

しかし、王子様は真剣な面持ちで私たち家族を見つめる。

「では、その件とは別で、ぼく……私の話を聞いていただけますか？」

王子様の年齢は確か十二歳だったか？

お姉ちゃんより年下の少年の必死な様子に、パパンも承諾するしかないみたい。

「そこまで仰られるなら、ぜひお聞かせください」

「今後、第二王女に代わり、私が外交を担うことになりました。短慮な王女たちのせいで、我が国への心象が悪いのも理解しています。これから挽回いたしますので、どうかミルマ国をお見捨てなきようお願いいたします」

　これはなんと言うか……返事に困るね。

　ミルマ国の王族は女性優位な面があり、王子は有力なオム族の家に降下するのが慣例らしい。そして、国政にはあまり関わらないそうだ。

　それなのに、突然外交を任されてしまい、強いプレッシャーを感じているのかも。

「我が国の外交はディルタ家に一任されておりますので、殿下の誠意はしかと伝えておきます」

　国交に関する話題だから、宰相モードで対峙するかと思いきや、パパンの顔は予想外に穏やかだ。

「それから、差し出がましいことを申し上げますが、外交は国の顔でもあります。けっして、心の中まで自国を卑下《ひげ》したり、恥じてはなりません」

　パパンがそう言うと王子様は驚き、いや、でも……と口ごもる。

「気持ちというものは、思っている以上に声音に表れます。殿下が我々に申し訳ないと感じていてくださっていることは、十分に伝わってきました」

　パパンは太王夫様を一瞬見やって、王子様に優しく語りかける。

　外交を司るということがどういうことなのかを。

　各国との友誼を深めるだけでなく、その人物を通して国を推し量っているのだと。

　ゆえに、愛国心のない者に外交を任せている国は、いろいろな場面で足元を見られるらしい。

　そのいろいろっていうのがちょっと恐ろしいが、パパンならそういう隙を逃さないと思う。悪い人につけ入られないよう、自分の国に自信を持って事にあたりなさいって忠告だよね？　本当につけ入るぞっていう宣戦布告じゃないよね??

　私としては忠告だと信じたい。

　だって、王子様はこれから、海千山千の猛者《もさ》たちとやり合うことになるのだ。

　この王子様は生真面目そうだし、そんな性格の悪い大人にいじめられたら病みそう……。

「ですが、ときには嫌らしいやり方も必要となります。太王夫殿下が大層得意でいらっしゃるので、お話を伺ってみてはいかがでしょう？」

　パパンにそんなことを言われた太王夫様だけど、柔和な雰囲気は崩れない。

「オスフェ公にそこまで買ってもらえているとは光栄だ」

「ご謙遜を。我々もずいぶん苦杯《くはい》をなめさせられましたよ」

　両者の間には、バチバチとしたものがぶつかり合っている気がする。

　ジーン兄ちゃんが若いときにいろいろやられたみたいなことを言っていたので、パパンも同じなのだろう。

　そんなパパンと太王夫様のやり取りを見たからか、お兄ちゃんの警戒が急に解けた。

　お兄ちゃんの冷ややかオーラがなくなったのが不思議で、同じように変化に気づいたお姉ちゃんと目を合わせる。

「お兄様、何かありまして？」

「うん、ちょっとね」

それがなんなのか、お兄ちゃんは教えてくれない。

ここでは言えないということか？

パパンが太王夫様とまだバチバチしている中、王子様がこちらに話しかけてきた。

「君がネフェルティマ嬢だよね？」

「はい。次女のネフェルティマ・オスフェです」

「姉様たちを止められなくてごめん」

先ほどパパンがこれ以上の謝罪はいらないって言ったのに……。

どうしたものかと悩んでいると、王子様が王族としてではなく、弟として謝りたかったと言われて納得する。

絶対にないだろうけど、お兄ちゃんやお姉ちゃんが同じようなことをしてしまったら、身分云々は別にして家族だから謝りたいってなると思う。

ただそれは、お兄ちゃんとお姉ちゃんが私にこれでもかっていうくらい愛情を注いでくれるからなんだよね。

これが前世の兄姉だったら、私は謝ったりしないかも。いや、自分が楽になるためだけに謝罪を口にしていそうだ。

「殿下のせいではありません。でも、お気持ちはうれしいです」

王子様からは、そんな自分が楽になりたいって感じではなく、心苦しく思っている心境を伝えたいって感じなのかなって。

　王女様たちと王子様がどんな姉弟関係なのかわからないが、姉がやったことは自分には関係ないと突っぱねずに、伝えようとしてくれるのはやっぱり嬉しい。

「おにい様とおねえ様が私のことを守ってくれたので、私はそこまで気にしていないのです」

「……羨ましいな」

　小さな声ではあったけど、私の耳にはしっかり届いた。

　羨ましいという言葉に私が反応してしまったため、王子様は淋しげな様子で理由を教えてくれた。

「行事のときしか姉様に会ったことないから……」

　これには私だけでなく、お兄ちゃんとお姉ちゃんも驚いている。

「慣例で会ってはならないのですか？　それとも……」

「カーナ、失礼だよ」

　お姉ちゃんが質問を口にすると、すかさずお兄ちゃんが止めに入った。

　慣例でない場合、人様の家庭環境をずかずか聞くものではないし、その相手が今日初めましての王族となればなおさらだ。

　お姉ちゃんもすぐに自分の非を認め、王子様に謝罪する。

「この国の習わしが、他の国と異なるのは知っているので大丈夫です。仰っていたように、ミルマ国の王子は年頃になると王族から出されるため、生まれるとすぐに女性王族との接触を制限されます」

ミルマ国について勉強したとき、王子はオム族の有力者に降下するって教わったけど、そんな制限まであったとは⁉

「だから、男性なのに治癒魔法が使えて、姉妹とも仲のよいことが羨ましくて……」

あの羨ましいはお兄ちゃんに対してだったのか。

治癒魔法は女性に顕現《けんげん》する場合が多いとされているが、男性の治癒術師が少ないわけでもない。私には、治癒の加護を与えるか否かは、女神様の好みに大きく左右されているように感じられる。あの親にしてこの子ありってね。

「逆に捉えてみてはいかがでしょう？　今までミルマ国で男性王族が表舞台に立つことがなかったということは、誰も比較できないということです。男性ですから、王女殿下の真似をする必要はありませんよね？」

「真似をする必要がない……」

お兄ちゃんの言葉を繰り返す王子様は、少し驚いているようだ。

確かに、女性は女性ならではの社交があるし、男性は男性ならではの社交がある。それは、真似しろと言われてできるものではない。

「王族として、ちゃんと学ばれているとは思いますが、それは基礎にすぎません。外交はもとより、政《まつりごと》は人との関わりが重要ですから。民の声を聞き、臣下たちと協議を重ね、有識者から知恵を借り、現場を知る。僕は父上からそう教わりました」

娘の前では残念なパパンでも、お兄ちゃんに対してはしっかりと父親らしい……いや、当主らしい姿を見せているんだなと感心する。

「ぼくにできるでしょうか……」

「何事もやってみなければわからないですよね？　外交の仕事が合わなければ、自分に合う仕事を探せばいいのです。国に携わる仕事はたくさんありますから」

そうだよね。食べ物も、食べてみないと味はわからない。ちょっといまいちだったり、思っていた以上に美味しかったりと、想像していたのと違うことの方が多い。

前世では、幼い頃に美味しくないと避けていた食べ物が、大人になって美味しく感じたりもした。

つまり、経験を積んでから再度チャレンジしたら、また違う感想を抱くかもしれない。

「そのときの自分に合ったことを成すのが重要なのだと思います。好き嫌いを言えないときもありますけどね」

お兄ちゃんは嫡男なので、好き嫌い関係なく、いやが応でも仕事を覚えなければならない。

それがつらいときもあるのかな？

そういった弱音は絶対に言わないお兄ちゃんだから、抱え込んでいないか心配だ。

「王子様は気楽にやればいいってこと？」

「気楽というか、気負わずにいるという方が正しいかな？」

私が尋ねると、お兄ちゃんに訂正された。

でも、気負わずにって難しいよね？

前世で、新入社員だったときや大きな仕事のメンバーに選ばれたときに、先輩社員に肩の力を抜けと言われても無理だったことを思い出す。

「言われてできるなら、苦労はしないと思うの」

会社での記憶を思い出したせいか、少しやさぐれた口調になってしまう。

「こればかりは、経験を積むしかないんじゃないかな？」

苦笑していることから、お兄ちゃんもやっぱり苦労したんだ。

少しは私たち妹に甘えてもいいのにね。

「それに、最初から王族らしい王族はいないと思いますよ。皆様、相応しくあろうと決心するきっかけがあったのではないでしょうか？」

お兄ちゃんはここだけの話と前置きして、とんでもないことを口にした。

「我が国の王太子も、今でこそまともに見えますが、昔はとんでもない悪戯好きだったのです」

そのとんでもない発言に、お姉ちゃんの目が光る。

ヴィの弱みを握れると、ウキウキしているんじゃなかろうか？

そもそも、お兄ちゃんはヴィとふざけて互いに言い合うことはあっても、ヴィ本人がいないところで悪く言うことはしない。

だから、突然すぎて呆気に取られた。

お兄ちゃんはそんな私たちに構うことなく、ヴィについて語り始める。

ヴィは幼い頃、魔法を使って王宮で働く人たちを驚かせることばかりしていたそうだ。目の前に物を落としたり、庭に大きな穴を開けたり。

人を傷つけることはなかったとはいえ、一歩間違えれば大怪我だったのでは？　と思うようなことばかりしていた。

悪戯っ子なヴィが変わったきっかけはラース君だと予想していたが、お兄ちゃんの話では契約者になっても悪戯をやめなかったらしい。

「しかし、契約者であるがゆえに、ただの王子であったときよりも人々の目が厳しくなりました」

聖獣の契約者ということで、人々は契約者のことも神聖なものと見なしてしまう。

そうすると、聖人君子であるべきだと、ヴィの周りは自分の思い描く理想像を押しつけた。

だが、あのヴィが素直にいい子になるわけがない。

ヴィが反発すればするほど、周りはヴィを貶《けな》すようになったそうだ。

もちろん、そういった人たちは面と向かって言ったりはしない。

「本当に、他人を貶《けな》す人って、なぜ卑《いや》しさを隠そうともしないんだろうね……」

お兄ちゃんは、隠れてヴィを貶す人たちの会話を聞いてしまったのか。

きっと、お兄ちゃんも苦しかったはずだ。親友が悪く言われていたことが。

「だけど、ヴィルは気づきました。自分が身分に相応しくない言動をすると、自分の大切な存在までもが貶される対象になるのだと」

それから、ヴィは周りの人を困らせる言動をやめ、真面目に勉強や鍛練に打ち込んだそうだ。

今のヴィは、王太子としての自負心が人一倍強い。次期国王として、国民に恥じない存在であろうとしている。

それでも、あの陰険鬼畜腹黒っぷりが治らなかったのが残念だが……。

ヴィが昔やんちゃだったのであれば、自覚したときに自分の行いをさぞ悔いただろう。

「大切な存在が傷つけられるのは、自分が傷つくよりもつらかったと、ヴィルは言っていました。ヴィルが次期国王に相応しくあろうと決心したのは、このときだったと思います」

ヴィがわざわざお兄ちゃんに言ったということは、お兄ちゃんも悪く言われてた？

お兄ちゃんは四、五歳の頃からヴィの遊び相手兼側近候補的な扱いで一緒にいたらしいので、ありえると思う。

自分のせいで、友達まで悪く言われていることを知ったから、ヴィもこのままではいけないと反省したのかな？

まぁ、本当のところはヴィにしかわからないだろうけど。

きっかけは人それぞれっていう話をしたかったようだが、王子様に余計にプレッシャーを与えているような……。

「ネマ、難しい顔をしてどうしたの？」

お姉ちゃんが私の様子に気づいて、顔を覗き込んでくる。

「うーん、王子様がヴィみたいになったらいやだなって……上手く言えないんだけど」

「感じるまま口にしてみたらどうかしら？」

「ずっと王子様でいるのは疲れると思う。王子様でいることをがんばる前に、自分に戻れる場所が必要だなって」

ヴィにラース君がいるように、私に家族や魔物っ子たちがいるように、今の王子様に必要なのは素の自分を見せられる人だと思う。

じゃないと、つらいときに支えがなくて心が折れてしまうかも。家族との関係が希薄ならなおのこと。

それに、表裏のある腹黒王子は、ヴィだけでいい。

アイセさんもヴィのことを手本にしているようだけど、ヴィはいくつもの顔を上手く使い分けている。

聖獣の契約者という点を活かし、国民には優しくて、行動力もあるザ・王子様を演じる。

貴族に対しては慇懃無礼を徹底し、たまに陰険さを見せているようだ。まだ若いので、舐められないようにってことだと思うけど。

ミルマ国の王子様には、ダオのようにみんなに愛でられる王子様になってもらいたい。

私の言葉を聞いて、お兄ちゃんはにっこりと笑った。まるで、心配いらないと言っているみたいだ。

「ずっと王子らしく過ごせということではありません。殿下には、頼もしい味方がついているので、その方から学ばれるのがよろしいかと」

王子様はその味方にピンと来ないのか、小さく首を傾けた。

「大切な孫のために、自ら憎まれ役を演じた方がいらっしゃるではありませんか」

それを聞いて、王子様は太王夫様に視線を向けた。

太王夫様はまだパパンとやり合っているが、その表情は楽しそうだ。

「この場を無理やり設けたのも、王子殿下のためでしょう。僕たちに会えば、殿下がああ仰ることを見越し、そして、父上が殿下に対して苦言を呈することもわかっていらっしゃった。ですが、本当の目的は、僕たちが殿下へ同情を抱くようにしたかったのだと思います」

お兄ちゃんが言うには、国同士の細かな調整はベテランの外交官が担うので、王族は本当に国の顔として接待をしたり、受けたりするのが務めなんだって。

なので、王子様には上の世代ではなく、同世代と仲良くなって欲しいのではないかと。

確かに、世代交代が行われれば、お兄ちゃんが宰相の任も受け継ぐ。

お兄ちゃんを押さえておけば、もれなくヴィもついてくる。

さらに、一応、オスフェ家は筆頭公爵家なので、外交を担うディルタ公爵家へも口を出せると。

とはいえ、建国の英雄である五家は同等な立場なんだけどね。

「ディルタ卿が仰っていました。太王夫殿下は会うたびに印象が変わると。その場面に合わせた性格を作り、ときには突飛なことを言い出したりと、本質を掴ませてくれないそうです」

曾祖父ちゃんといい、太王夫様といい、ヴィといい……。やっぱり、ガシェ王国の王族は難ありな人物が多いと思ったのは内緒だ。

ガシェの血がそうさせているのであれば、この王子様も難ありな性格に進化できる可能性は十分あるということで……。

それがいいことなのかわからないけど。まぁ、一癖も二癖もある人が味方なのは心強いんじゃないかな？

「おじい様がそんな凄い方だとは知りませんでした……」

「オスフェ家当主と外務大臣のディルタ卿をやり込めるなんて、相当ですよ。今はお互い、父親と祖父として対峙しているようですが」

お兄ちゃんはパパンと太王夫様を見て苦笑する。

「それでも心配というなら、我がオスフェ家を味方につける唯一の方法をお教えいたしましょうか？」

……オスフェ家を味方につける方法⁉　なんか嫌な予感がするぞ！

王子様もお兄ちゃんがなぜそんなことを言い出したのかわからず、返事に窮《きゅう》している。

「簡単なことですよ」

それから、お兄ちゃんの声が聞こえなくなった。

お兄ちゃんの口は動いているので、精霊の力で聞こえなくなったのだろう。王子様の声も聞こえなくなっているし。

「おにい様、なんて言っているの？」

二人の会話が終わっていないのに聞いたからか、お姉ちゃんはすぐに状況を理解してくれた。

「お兄様がネマに聞かせたくないようだから、わたくしも言えないわ」

こういうときはすぐに結託する！

私がふて腐れていると、お姉ちゃんは私の頬を突いて笑っていた。

それがちょっと癪《しゃく》に触ったので、突かれても凹まないくらい、目一杯頬を膨らませて抵抗する。

除け者にされた感じがして、私はパパンとママンのところへ逃げた。

「そんな顔をして、どうしたの？」

ママンが私のふて腐れた顔を見て、小さな声で聞いてくる。

「おにい様にのけ者にされた……」

ママンは告げ口に関しては何も言わず、隣に座りなさいと促すだけ。

私は甘えるように、ママンにぴったりくっついて座った。

会話を聞いていなくても、私のために聞こえないようにしたっていうことはわかっている。が、湧き上がる疎外感はどうしようもない。

気持ちを落ち着かせるため、白と紫紺を探す。

もみもみさせてもらおうと思ったのに見当たらない。

どこに行ったのかと辺りを見回していると、パパンとやり合っていた太王夫様と目が合った。

「ネフェルティマ嬢、いかがした？」

「失礼しました。なんでもありません」

声をかけられたので、慌てて姿勢を正す。

改めて近くで拝見しても、太王夫様は人好きのするおじいちゃんって感じだ。

まぁ、もういいお歳なのもあるだろう。確か、七十歳くらいだったはず。

だけど、ガシェ王族に現れる紫の瞳は、老いを感じさせない力があった。

ちなみに、先帝様も同世代のはずだが、あちらはエルフの血のせいか二十歳は若く見える。

「近くで見ると、やはりあのお方にそっくりだ！」

はっはっはっと豪快に笑う太王夫様。なぜか嫌そうな顔をするパパン。

あのお方って誰よ？

「あのお方の息子も孫も似ずに安心していたのに、まさか曾孫の代とは……。旅立たれてもなお、わたしを翻弄《ほんろう》するのはさすがとしか言いようがない」

太王夫様はうんうんと頷き、一人で納得している。

曾孫の代……もしかして……あのお方って曾祖父ちゃんですか⁉

「太王夫殿下は、なぜ私を招待してくださったのですか？」

今さらだけど、招待状をもらったときに感じた疑問を投げかけてみた。

パパンとは昔から仕事上での面識があるようだけど、プライベートでの交流はないよね？

「血が繋がった者同士、孫たちと仲良くしてもらいたくてな」

私の曾祖父ちゃんはガシェ王国の先々代国王の弟なので、太王夫様にとっては叔父にあたる。

私の祖父と太王夫様とガシェ王国の先代国王は従兄弟というわけだ。

パパンから見ると、太王夫様は祖父の兄である大伯父の子なのでいとこ違い。私たち兄妹からは従大伯父《いとこおおおじ》。その従大伯父の孫ともなれば……確かに遠い。

あ、パパン、王様とはとこ同士なのか！

あれ？　両親の従兄弟の子供がはとこってことは、王様の弟である王配様はもちろんのこと、ミルマ国の女王陛下もパパンとはとこなのでは⁇

凄くややこしいぞ！

パパンたちの代まではかろうじて血縁って言えるけど、私たちの代はまさに遠い親戚……。冠婚葬祭くらいでしか会わないレベルの遠さだ。

「本当の目的は別にあったようですが、叶わなくて残念ですね」

パパンは明らかに愉悦《ゆえつ》といった表情を浮かべている。

「なに、時間をかければいいだけのこと」

対する太王夫様は人好きのするおじいちゃんを崩さない。

はたからだと、パパンが老人をいじめているように見えただろう。

結局、一時間ほどでお開きになったのだが、そのほとんどがパパンと太王夫様の舌戦だった。

あんなに警戒していたのはなんだったんだろうってくらい、何も起きなかったよ。

ただ、離宮に戻ったら、パパンが異様に上機嫌だった。

「おとう様、なんでそんなに嬉しそうなの？」

「ラルフが立派になったと実感してな。本当に凄いよ。我がオスフェ家も安泰だ！」

お兄ちゃんをベタ褒めし始める。

具体的にお兄ちゃんが何をしたとか言わないので、気になって尋ねるも、男同士の秘密だって教えてくれなかった。

まぁ、男同士の秘密なら仕方ないね。

私も、ママンやお姉ちゃんと女同士の秘密と言って、パパンとお兄ちゃんに内緒にしてもらうことがあるし。

ちなみに、お兄ちゃんには真っ先に聞いて玉砕してる……。

めちゃくちゃナチュラルに誘導されて、気づいたときにはディーをもふってた。

この口の上手さ。パパンの言う通り、お兄ちゃんの代になっても我が家は安泰だろう。

5 厄介なことには近づけさせないのが一番。 視点：ラルフリード

「それでも心配なら、我がオスフェ家を味方につける唯一の方法をお教えいたしましょうか？」

驚いているミルマ国の王子殿下を見つめながら、念話でディーにあることをお願いする。

『僕と王子殿下の声が、ネマに聞こえないようにして欲しい』

これから話す内容は、ネマが不快に思ってしまうかもしれないので聞かせたくない。

精霊から、聞こえないようにしたと言葉を受け、僕は殿下にそのことを告げる。

「ネマには聞こえないようにしましたので、殿下にはなるべく本心を話していただきたいです。オスフェ家の力は必要ですか？」

「貴殿にあれだけ助言をいただいておいてなんですが、ぼくには自信がありません。……ですから、正直オスフェ家のご助力はいただきたいです。でも……」

僕も、少し言っただけで彼に自信がつくとは思っていなかった。

僕だって、まだ公の場は緊張する。多くの目はいつだって、僕がオスフェ家の跡取りに相応しいか値踏みしているのだから。

それに、いくら友好国とはいえ、他国の者の力を借りるのを躊躇《ちゅうちょ》するのは当たり前だ。何を企んでいるのかと、僕ならそう考える。

「今回、なぜかネマだけが招待されていたことはご存じですか？」

唯一の方法を告げる前に、今回のミルマ国訪問について、殿下に尋ねてみる。

父上が我が家の間諜やシンキの力を使って調べ上げた結果、くだらない企みが判明。滞在中にすべて叩きのめすと決めた。

その企みを殿下は知っていたのか、一応確認をしておこうと思ったんだけど……。

「えっ……妹君だけですか？」

殿下の反応は、常識人のそれだった。

普通は驚くよね。兄姉が招待されないのはわかるけど、両親が一緒に招待されていないって異常だよ。

「ええ。幼な子一人を招待するのはおかしいですよね。ですから、家族で乗り込んできたのです。太王夫殿下の企みを阻止するために」

「……企みとは？」

僕がそれを話そうとしたとき、ネマが仲間外れにされたと怒って母上のところへ行ってしまう。

そして、必死に何かを訴えていたが、母上は穏やかな表情のままだ。ネマは母上に甘えるよう寄りかかる。

母上と目が合ったが、成すべきことを成せと言われている気がした。

母上にネマを任せ、僕は殿下に向き直る。

「太王夫殿下は殿下のお相手にネマをあてがおうとしているようです」

それを聞いた殿下は言葉が出てこないようだ。

驚愕から、何かを察したあと、少し呆れた表情へと変化した。

「それは……姉様たちのためですよね？」

「太王夫殿下の真意は測りかねますが、一番の目的は聖獣の契約者であるネマをミルマ国に嫁がせること。そして、代わりにどちらかの王女殿下をガシェ王国へ嫁がせたかったのだと思われます」

太王夫殿下は、ネマが王子殿下に嫁げばいいこと尽くめで、自分が女神様のもとへ旅立っても孫たちは安泰、と考えているのだろう。父上はそう言っていた。

その考えに、王配殿下も賛同するとは思わなかったようだけど。

「聖獣の契約者を欲しているのもアーニシャ姉様のため……」

「いえ、お二方のためかと。ミルマ国に聖獣がいれば、ガシェ王国とライナス帝国とも対等に渡り合えるでしょうし、殿下の後ろ盾にもなりますから」

ミルマ国にとっては……いや、ミルマの王族にとって、ネマは喉から手が出るほど欲しい逸材というわけだ。

公爵家の令嬢で、ガシェ王族の血も入っている。ヴィルやライナス帝国の皇子たちとも懇意な関係を築いており、契約者ゆえに聖獣もついてくる。

そして、僕がディーと契約したことを受け、あちらはなおさら『一人くらい』と思っているだろう。

「お察しだと思いますが、我がオスフェ家が殿下をお助けする条件は、殿下がネマを望まないことです」

殿下はしばし思案されたあと、その条件をのんだ。

「おじい様が姉様たちだけではなく、ぼくのことも考えてくれているのは理解しました。しかし、だからといって、ネフェルティマ嬢に望まぬ婚姻を押しつけるのは間違っていると思います。オスフェ家の皆様が承諾していないのであれば、なおさらです」

「ご理解いただけて嬉しいです。しばらくは、殿下にいろいろと仰ってくると思われます。そのときは『幼い子供には興味がない、自分は変態ではない』と突っぱねてください」

年頃になれば関係ないなどと返してきたら、ネマが年頃になってから言えばいい。それでもしつこいときは、そういったご趣味をお持ちで？　と意味深に返すよう勧めておく。

当事者が成人していない場合の婚約は、誓約に縛られるのを避けるため、曖昧《あいまい》なままにしておくのが習わしになっている。

ゆえに、殿下が拒否してくれれば、その曖昧な約束すら成立しない。

僕の言葉がおかしかったのか、殿下は笑いながら了承してくれた。

「この条件が守られている限り、僕は友人としても殿下のお力になりますので、何かあれば頼ってくださいね」

「……友人になってくれるのですか？」

「もちろんです」

僕が片手を差し出すと、殿下は少し照れた様子でその手を握り返してくれた。

◆◆◆

離宮に戻るために、ミルマ国独特の乗り物で父上と一緒になった。

不機嫌なのを隠そうともしない父上に、僕は先ほどのことを報告する。

「王子殿下がこちらにつくことを承諾してくださいました。太王夫殿下にネマのことを言われたら、しっかりと断ると」

「……王子殿下は本当に断ることができると思うか？」

「幼い子供が好きな変態ではないと強調するよう教えたので、大丈夫だと思う」

僕がそう言うと、父上は声を出して笑う。

あまりにも笑うものだから、声が外に漏れ、オルファンが心配そうに声をかけてきた。

父上はなんとか笑いを抑え、オルファンに取り繕う。

「ラルフ、よくやった。ネマのために頑張ってくれてありがとう」

言葉とともに手が伸びてきて、頭を優しく撫でられる。

面と向かって褒められるのは嬉しいが、頭を撫でられるのは子供みたいで少し恥ずかしくもあった。

小さい頃はこうやって、父上に褒めてもらっていたことを思い出す。

大きくなるにつれ、褒められることが減ったのは淋しくもあるが、それは僕ならできると父上が信じてくれているからだ。

それから、上機嫌な父上とたくさんのことを話した。

今後のミルマ国との付き合い、他の国との付き合い、ガシェ王国内のルノハークの残党と聖主《せいしゅ》についても。

話をしていて、父上の視野の広さには驚いた。

一つの事象で、どんな影響が出るのかを多方面に捉えている。

宰相を務めるうちに培われたものなのかもしれないけど、自分が父上の跡を継いだときにちゃんとできるのか不安になった。

父上を越えられる日は来るのだろうか……。

離宮に戻り、堅苦しい衣装を着替えると、ようやく緊張が解けた気がした。

時間もあることだし、読書でもしようかと思ったそのとき、ネマが突然やってきた。着替えないまま、ウルクに乗ってきたようだ。

「おにい様っ‼」

「慌ててどうしたの？　こっちにおいで」

ネマが来た理由はわかっているけど、ふて腐れている姿が可愛い。

僕の態度が気に食わなかったのか、ネマは怒っていることを強調するような足取りで僕の側まで来た。

「どうして私に聞こえないようにしたの⁉」

眉根を寄せ、口をきゅっと結び、ネマとしては恐い顔をしているつもりなのだろう。

しかし、力を込めすぎているのか、目は半目状態で唇も突き出してしまっている。

恐いというより、面白い顔になっているのがネマらしいよ。

「ネマが気にすることじゃないからね。それよりも、ネマには好きなことを楽しんでもらいたいんだ」

「気にするかしないかは、私が決めることでしょ？」

「そうだね。でも……今回は僕と父上のわがままを許して欲しい」

家や国の都合での結婚なんて、考えるのはそういう年頃になったときでいい。

ネマには炎竜殿がついているから、害になる相手を遠ざけてくれるので安心ではある。

だけど、まだ僕の妹のままでいて欲しいんだ。

もっとわがままを言うなら、あと二十巡は誰にも任せたくないなぁ。

「むぅ……」

難しい顔……というより、先ほどよりもさらに面白い顔をして考え込んでいるネマ。

「そういえば、ハクの姿が見えないけど置いてきたの？」

ネマはたまに、僕の予想を上回る発想をしたりするので、ちょっと邪魔をしてみる。

「……えっ、あ、白はどこかに隠れているみたい。森鬼かスピカの服の中かも？」

無理やり思考を中断させられたネマはすぐに反応できず、恐い顔も崩れてちょっと呆けた表情で答えた。

「そうか……。新しいスライムも来たことだし、みんなで遊ばせてあげたいと思ったんだけ

「……」

最後まで言う前に、身に覚えのある感覚が襲う。

「くしゅんっ」

これが三回も続けば、原因は明白。

くしゃみとともに現れたのは、僕に寄生しているスライムたち。

きっと新しいスライムと遊ぶために出てきたんだろうけど、目の前にウルクがいて固まった。

「灰《はい》たちに紹介するの忘れてた‼」

ネマは両頬に手を当てて嘆く。

「黒《こく》も出ておい……へっくちんっ‼」

スライムは気が早い性格なのか、コクもすぐにネマの体から出てくる。

スライムには不思議が多いとネマは言うが、確かにどういう能力でこんなふうに出てこられるのか謎だね。

スライムが体内に入るときも、水を飲むときと同じ感覚でするりと入ってくる。

宿主に気づかれないよう寄生するための能力だとしても、なぜあの大きさを一口で飲み込めるのだろう？

「ウルク、葡萄。この三匹は灰、薄墨《うすずみ》、銀鼠《ぎんねず》で、こっちが黒よ！」

ウルクの毒針にくっついているスライムは、四匹とは同時期に生まれた兄弟なので紹介は必要ないようだ。

「それで、この子が葡萄よ。みんなの弟……妹？　だから、仲良くしてね」

スライムには雌雄がないらしいので、ネマも首を傾げながら紹介した。

寄生しているスライムたちは、ブドーという新しいスライムを歓迎するように独特な鳴き声をあげながら飛び跳ねる。

それを微笑ましげに眺め、ネマはみんなで遊ぶためかハクの名前を呼んだ。

「白ー！　出ておいでー！」

しかし、ハクは姿を現さない。

ネマは、シンキとスピカにハクの行方を尋ねるも、王城の応接室以降見ていないという。

『ハクならぼくにくっついているよ？』

ディーの言葉が理解できなかった。

ハクがくっついているとは、どういうことなのか？

ディーが僕の足元に来て、首のところにいると告げる。

わけがわからないまま、ディーの柔らかな鬣《たてがみ》を掻きわけてみると……いた！

首輪のようにディーの首元を囲うものが……。

「ハク、ネマが心配しているよ？」

僕が呼びかけても、ハクはまったく動かない。

『たぶん、寝てる？』

何がどうしたら、ディーの首元にくっついて寝ることになったのか理解不能だけど、その奔放さはネマにそっくりだ。

「あーっ！　そんなところに‼」

ハクに気づいたネマは、うらやまけしからんと謎の言葉を発して、ディーに飛びつく。

「ハクがびっくりしちゃうよ？」

寝ているのなら、起きるまでそっとしてあげようと思っていたけど、ネマの気配でハクは目を覚ましたようだ。

元の形に戻り、みゅーみゅーと鳴いてネマの頭の上に移動した。

精霊の通訳によると、グラーティアとブドーと一緒にかくれんぼをしていたらしい。太王夫殿下たちとの会談は、魔物たちにとっては退屈だったみたいだね。

「ハクはかくれんぼをしていたって」

僕がそう教えると、ネマはすぐに納得した。

「白は本当に隠れるのが上手ね！」

ネマは凄い凄いとハクを褒め、褒められたハクは伸びたり縮んだりして嬉しさを表現する。

それにしても、見つけられなくてあの部屋に置いていかれたら、ハクはどうするつもりだったのかな？

さすがに、シンキはハクの隠れ場所を知っていたと思うけど……。

パウルが、シンキは他の魔物たちに甘いと言っていたことを思い出す。

壁際で大人しく待機しているシンキを見て、確かにハクの行動が問題だとは思っていないと感じた。

「お出かけしているときは、ネマの側から離れたらいけないよ」

パウルの代わりに僕がそう忠告すると、ハクは元気に何かを訴える。

「みゅぅぅぅ！」

ネマの側にいるディーに隠れたのだから、ネマから離れたことにはならないと。

精霊がハクの言葉を教えてくれたが、その言い分にちょっと納得しかけた。

いやいや、納得しては駄目だと自分に言い聞かせる。

「ディーもラース殿も僕たちと一緒にガシェ王国に帰らないといけないんだ。だから、ハクたちにはディーたちを頼りにせず、みんなで協力してネマのことを守って欲しい」

ハクは一瞬固まったのち、なぜか体を伸ばしてくねくねと不可解な動きをし始めた。

いつの間にか現れたグラーティアも、ネマの肩の上で変な格好をしたまま動かない。

「くっ……」

お腹に力を込めて、なんとか笑いを我慢する。

ネマは魔物たちの変な行動に気づいておらず、淋しいと何度も呟きながら、ディーの鬣に顔を埋めていた。

そんなネマの頭の上でくねくね動くハクと、前脚を広げた状態で固まっているグラーティア。

そのおかしな光景に笑っては駄目だと思えば思うほど、笑いが込み上げてくる。

「ふふっ……はははっ……」

そして、結局耐えきれずに声を出して笑ってしまった。

急に笑い出した僕にネマは驚いたようで、僕を見て固まっていた。

それがまた、ハクとグラーティアも同じだったから、余計に面白くて……。

思い切り笑っていると、僕の部屋にパウルがネマを迎えにきた。

「ラルフ様がそんなにお笑いになるのは珍しいですね。何かございましたか？」

「……うん。ハクとグラーティアがおかしくて……」

パウルが尋ねてきたけど、笑うのを抑えながらしゃべるのは大変だった。

「この子たちが一緒にいてくれるなら、毎日が楽しいだろうね」

ようやく落ち着いて感想を述べると、パウルはわずかに眉を顰《ひそ》めた。

「ラルフ様のお手を煩《わずら》わせてしまい、申し訳ございません。しっかりと言い聞かせておきますので」

「ほどほどにね」

我が家の使用人たちは本当に優秀だけど、それゆえに他の者にも厳しい。パウルのことだから、魔物たちにも高い水準を求めていそうだ。

「ネマお嬢様、遊ぶのはお召し替えをしてからにしましょう」

「はーい！」

ネマも遊ぶには不適切な格好だと思ったのか、素直に返事をした。

「ディー、またあとで遊ぼうねー」

そう言ってネマはコクを回収し、ハクを頭の上に乗せたままウルクに跨《またが》り、パウルとシンキを従えて去っていく。

我が妹ながら、とんでもないなとしみじみ思う。

それと同時に安心もした。

ネマを取り巻く環境を、受け入れられる男性が少ないであろうことに。

僕は可愛い妹だから受け入れられるけど、まったく関係のない女性がああだったらと想像したら……ね。

「そういえば……」

僕は一緒にネマを見送っていたスライムたちに視線を落とす。

「精霊を通じてだけど、ようやく君たちともおしゃべりができるね」

「くっふぅぅぅ⁉」

一番色の薄いスライム、ギンネズが元気よく鳴いた。

どうやら、自分たちの言っていることがわかるのかと驚いているようだ。

「うん。体の中にいるときは無理だけど、外に出ているときならわかるよ」

さすがに寄生されたままの状態では意思疎通ができない。

そう告げると、スライムたちは嬉しそうにたくさん鳴いた。

それを精霊が通訳してくれるけど、優しいから好きとか、居心地がいいから好きとか、すべて好意を示すものだった。

「ありがとう。これからもよろしくね」

スライムたちとの交流は穏やかに過ぎていった。

6 ネマとお揃いにしたい。　視点：ラルフリード

太王夫殿下らと会談したり、ネマの襲来を受けたりしたけれど、その後は穏やかに過ごすことができた。

夜になって、僕はヴィルの部屋を訪れる。

「ヴィル、わざわざ時間を作ってくれてありがとう」

帰国前にもかかわらず、ヴィルはユージン兄さんと一緒に、招待国の要人らとの会談で予定が埋まり忙しそうだ。

「いや。それよりどうしたんだ？」

「風竜殿が言っていた陽玉のことなんだけど……」

「あぁ、作るのか？」

ディーは前の記憶を持っているからか、他の聖獣に比べて性質が異なっているように思う。

ヴィルとラース殿のように始終一緒にいるということはなく、僕と同じくらいネマの側にいる。

現に、今もネマのところへ行っており、きっと魔物たちと一緒にじゃれ合っているはず。

帰国してからのことを考えると、しばらくは僕と一緒にいてもらわないといけないが、落ち着いたらディーだけでネマのところへ行くんじゃないかな？

「僕とネマ、二人分を作った方がディーも安心すると思って」

「……まさか、ライナス帝国まで通わせる気か？」

「ディーが望むなら」

ヴィルは僕の答えを聞くと、何やら考え込んでしまう。

もしかしたら、ヴィルの足元に寝そべっているラース殿と念話をしているのかもしれないが。

「聖獣と契約者、双方が納得しているのであれば、外野が口を出すことではないだろう。しかし、ネマを思うあまり、聖獣に無理をさせることだけはするなよ」

「もちろん。ディーがやりたいようにさせてあげたいんだ。だから、それを妨《さまた》げないために、できることは全部やっておきたくて」

僕の気持ち、ヴィルなら理解してくれるだろう。

ヴィルも、ラース殿がネマに甘いと文句を言いつつも、無理に止めたりしないからね。

聖獣が契約者を大切にしてくれるのと同じ……いや、それ以上に契約者も聖獣を大切にしている。

「それで、俺にただ宣言をしにきたわけじゃないだろう？」

「うん。聖獣たちが作る玉《ぎょく》について教えて欲しい」

一応、ディーから説明を受けてはいる。

だけど、その説明は曖昧なところもあって、ディー自身がまだ理解できていないと感じた。

「わかった。聖獣が与える玉は、聖獣の能力の一部を借りられる魔道具みたいなものと考えていい」

契約者に限らず、気に入った者に授けることもある。だから、どの能力を貸すのかはその人物を見定めて聖獣が決めるそうだ。

「ネマに与えた風玉には、ラースの能力はほとんど入れていない。ゆえに、ラースが風玉を通じて能力を発動できるというわけだ」

ネマの四歳の誕生日に、ヴィルが贈った腕輪。竜玉《オーブ》と同じようなものだとは教えてもらっていた。

「それだと、離れていたら能力は使えないのでは？」

「持ち主の居場所と感情を感知できれば問題ない」

「……居場所はまぁいいとして、感情ってどういうことかな？」

脅すように冷気を放出しながら問う。

「伝わっているのはラースだけだ！」

言い訳のようにも聞こえるけど、ラース殿ならと冷気を引っ込めて納得する。

「一応、強い感情しか伝わらないようにしてある。そのほとんどが、何かを見たり触ったりしての興奮だそうだ。ラースが今までに動いたのは、強い恐怖を感じたという二度だけ。そのうちの一回はミルマ国に着いてからだし、その前はすぐに魔物たちが動いていたので、精霊たちだけで大丈夫だと判断した」

ネマが感じた恐怖は、どちらもイナホの件だろう。

ライナス帝国の帝都にあるエルフの森へ行ったとき、たちの悪い冒険者に絡まれたと報告を受けている。

そして、ミルマ国に着いて早々、母上の知的好奇心が抑えられずに、イナホが火の魔力を放出してしまう事故が起きた。

以前、ネマが聖獣の力を恐れていたと、ヴィルからも聞いている。

ディーを傷つけられた怒りで、無意識に炎竜殿の力を暴走させてしまったことによる心の傷。

あの遺跡で、炎竜殿の力を使うことはできていたので、このまま改善するのを願うしかない。

「ネマに陽玉を与えるなら、付与する能力は制限した方がいいだろう」

どんな能力を付与できるのか、それは聖獣ごとに異なるため、ディーとよく話し合う必要がある。

でも、人を攻撃するようなものは避けるべきだね。

「そういえば、なぜ原竜の玉だけ竜玉《オーブ》と呼び方が違うのかな？」

「ラースが言うには、一番最初の愛し子が言っていたのを原竜たちも使うようになったかららしい」

一番最初ということは、遥か昔のことだと思われる。

歴史書等で確認できる最古の愛し子は、初代ライナス帝国の皇帝ロスランだと聞いた。

ロスランが愛し子であることは、今代の精霊王様方が仰っていたそうなので間違いないけど、それ以前の愛し子となると実在した人物なのか真偽がわからない。

「一番最初の愛し子……どういった人だったんだろう？」

「さぁな。それこそ、あの遺跡に魔族が住んでいた時代よりも前のことらしいからな」

そんな大昔ともなると、以前ヴィルが言っていたように、魔法が異なっている可能性もあるわけで。

現存する遺跡の数からしても、記録は残っていないだろう。

「それから、形は自由にできるんだよね？」

「あぁ。なるべく常に身につけていられるものにした方がいいぞ」

それが一番の難題だったりする。

炎竜殿の竜玉はうさぎさんになっているし、ラース殿の風玉は腕輪に。国王陛下からの首飾りもあるので、他の装飾品となると……。

「うさぎさんに取りつけられるものがいいかな？」

「その場合、簡単に外れないようにしろよ。それか、ネマに決めてもらうのはどうだ？」

僕の希望としては、お揃いにしたかったんだけどなぁ。

でも、ネマの好みでないものになってしまうのもよくないし……。

「そうだね。そうしてみるよ」

結局、陽玉のことを相談しにきたのに、何も決まらないまま終わった。

ヴィの部屋をあとにして、ディーと遊んでいるネマのもとへ向かう。

「ネマ、少しいいかな？」

「おにい様っ！」

ネマは笑みを浮かべて、僕に抱きついてきた。

ネマを抱き上げて、長椅子へ移動する。そして、魔物たちの相手をしているディーを呼んだ。

「風竜殿が仰っていた陽玉を作ろうと思うんだけど、ネマはどんな形にしたい？」

ヴィルに教えてもらった、常に身につけられるもの、簡単に外れたりしないものという条件も伝えた。

「あと、これは僕からの要望なんだけど、できればネマとお揃いにしたいな」

「おにい様とおそろい！　作ろう作ろう！」

ネマが乗り気になってくれてよかった。

それから、どんな装飾品の形にするのか話し合ったのだけど……。

「指輪は遊んでいるときに落としそう……」

同じ理由で耳飾りも駄目。

髪飾りなど、見える装飾品は衣装に合わせる必要があるので不可。

やっぱり、うさぎさんにつけるものにした方が無難かな？

「あっ！　ひらめいた！」

ネマは言葉で説明するよりは……と言って、紙に絵を描き始めた。

ここがこうで、こうして、と小さな声で独り言を呟きながら描き上がったものは……縄？

「こんな感じはどう？」

間違った答えを言って、ネマを傷つけてしまったらどうしよう。

もう一度、ネマが描いた絵をじっくり見る。

縄で輪を作り、それに玉や宝石かな？　何か飾りがついていた。一見、首飾りにも見えるが、縄が長いので違う気がする。

「ネマお嬢様が考えたものは、初見では絶対にわかりません。ラルフ様へご説明された方がよろしいかと」

救いの手を差し伸べてくれたのはパウルだった。

自分が言いづらいからと、パウルに言わせてしまったことに罪悪感を覚える。

「ありがとう、パウル。それじゃあネマ、僕に教えてくれる？」

ネマは、自分に絵心がないことを理解しているのか、パウルに言われたことを気にする様子はなく、上機嫌で絵を説明してくれた。

「それでね、おにい様の分は私が作るから、おにい様は私の分を作って！　それでおくり合いこしよう！」

ネマの提案に僕は驚いた。

ネマが考えた装飾品も凄い発想力だなと感心したのに、贈り物の交換まで考えていたとは……。

「うん、凄くいい案だね」

とりあえず、今日はもう遅いので、陽玉作りは明日ということになった。

パウルには、カーナが気づくまで黙っておくようにと、口止めも忘れない。

ディーを連れて部屋に戻ると、早速陽玉について相談する。特に、ネマの陽玉にどんな能力を付与するかを。

「ラース殿の風玉には、居場所と強い感情を感知できるようにしているそうなんだ」

何か起きたときにすぐ助けにいけるよう、居場所がわかるのは必須だよね。

強い感情も、恐怖や悲しみといったものを感じたら、ネマやその周りで何かあったとわかる。

『明るくなるようできるよ？』

他に攻撃以外で付与した方がいい能力はあるかと聞いたら、ディーがそう答えた。

「明るく？　陽玉を光らせることができるってこと？」

『うん。光があれば、ぼくも力を使えるから』

獅子光は、光がある場所ならすべて見ることができるらしい。たとえわずかな光でも、火の魔法による灯りでもすべて。

『見てみる？』

意味がわからなくて返事ができないでいると、頭の中に光景が浮かび上がる。

離宮のネマとカーナが使っている部屋。寝台には二人がいて、何かおしゃべりをしていた。

しかし、僕は自分の部屋にいて、目の前にはディーがいることも認識している。

とっさに目をつぶると、頭の中の光景が鮮明になった。

おしゃべりをしながら、イナホの尻尾を撫でているネマ。カーナはそんなネマの髪を指で遊んでいる。

ハンレイ先生のぬいぐるみにグラーティアがいることもわかる。寝台から少し離れた場所で、セーゴとリクセーが丸くなっているのも……。

『契約者には共有できるって天虎さんに教えてもらったの！』

能力の共有が上手くいって、ディーは嬉しそうだ。

……共有？

「ねぇ、ディー。もしかして、ネマに陽玉を持たせたら、感じ取った感情も共有できたりするのかな？」

『契約者が側にいたらできるよ。でも、側にいるなら、宝物が怖がっているよって説明するだけじゃだめなの？』

ディーの言うことはもっともだ。

一瞬、ヴィルに誤魔化されたかと疑ったけど、わざわざ感覚を共有するより、言葉で伝える方がわかりやすいだろう。

ネマを可愛がってくれているラース殿なら、ヴィルが何か言う前に動く気がするし。

「そうだね。何か感じたらすぐに教えてくれる？」

『うん！』

それから、僕の分の陽玉はどうするかを話し合いながら眠った。

翌日――。
ネマは朝食を食べ終わると、真っ先に僕の部屋へやってきた。今日もウルクに乗って……。

日常的な光景にムシュフシュがいるという衝撃は、なかなか慣れないな。

「じゃあ、まずはディーに陽玉を作ってもらうね」

「はいっ！」

ネマの元気な返事を聞き、ディーに目配せをする。

集中するためか、ディーは両目を閉じた。すると、額にある角が光り始め、徐々に強くなっていく。

ディーの邪魔をしないよう、黙って見守るネマだけど、その目はディーに釘づけだ。

角が一際強く輝くと、その光が凝縮されるように小さくなり、丸い玉が現れる。

『宝物にあげる分！』

最初に作ったのは、ネマ用のものだった。そして、同じように光が集まってもう一つ。お日様の光を集めたような、暖かい色合いをしている。

『間違わないでね』

ディーに注意されながら、ネマに僕用の陽玉を手渡す。

「よーし、やるぞ！」

陽玉を受け取ったネマは、小さな手で包み込み、うーとうなり始める。

だけど、そのうなり声もすぐに止まった。

「できたー！」

嬉しそうに両手を掲げるネマ。

満面の笑みを浮かべ、僕にその両手を差し出してくる。

両手の上に載っていたのは、昨夜の絵に似ているようで似ていない剣帯飾りだった。

「ありがとう」

お礼を伝えると、ネマの目は早くつけてと訴えている。

だが、どうやってつけたらいいのかわからない。

付け方を教えて欲しいとお願いしたら、ネマが説明しながらつけてくれた。

「ここを通して、こうするの。長いときは、くるくるって巻きつけて調節してね」

そういう縄の結び方があるのは知っていたけど、身の回りにも応用できるんだね。

剣帯に細い縄を巻きつけて長さを調節し、程よい位置で揺れる飾り。縄の先についているのは、スノーウルフの形をしたもの。

これもネマからの提案だ。

飾り部分はスノーウルフだった頃のディーがいいと。

しっかりとこの剣帯飾りを目に焼きつけ、自分が考えた意匠と重ね合わせる。頭の中でより鮮明に思い浮かべて、陽玉に念じた。

陽玉の形が変化したことが、手のひらの感触でわかる。

細かな意匠がどう反映されるか心配だったけど、思い浮かべた通りのものができて安心した。

「僕もつけてあげる」

ネマの腰帯に剣帯飾りをつける。

ネマが作ったものとの違いは、全体的に小さめにして、ディーの意匠をちょっと変えたのと、留め具を追加したこと。

留め具は簡単に外れないように、受け具と本体両方に仕掛けを施した。

紐先の飾りのディーには、クレシスチェリーの花と葉で囲ってみた。

それほど大きくないので、衣装に合わないときは上着の内側に隠してもいいし、うさぎさんにつけてもいい。

「紋章みたい！　ディーがかっこいい！」

「気に入ってくれた？」

「うん！　おにい様、ありがとう！」

それから、陽玉の能力を説明したら、光ることに驚いていた。

「どれくらい光るのか試してみてもいい？」

「今は明るいから、あまり参考にならないと思うけど？」

ネマはそれでもいいと言うので、ディーに聞いて光らせ方を教えた。

とは言っても、どれくらい明るくしたいのかを頭に浮かべるだけなんだけどね。

「いくよー」

ネマが合図を出すと、装飾品へと変わった陽玉から光が発せられる。

強い光を発しているにもかかわらず、眩しさを感じない優しい光は、ディーらしくもあった。

「おぉ！　すごい！」

外と同じくらい明るくなった部屋を見回し、ネマがはしゃぐ。

「これで洞くつ探検もできる！」

フィリップ小父上の影響か？

以前から、洞窟《どうくつ》にこだわりを見せるネマ。

ガシェ王国に帰ったら、レイティモ山の洞窟に突撃しないか心配だ。

この能力をつけたのは早まったかもしれない……。

それからネマは、父上たちに自慢しに行こうと、僕を連れ出した。

父上とカーナが酷く悔しがっていたのが面白かったな。

7 おかえり、ただいま。

お兄ちゃんとプレゼント交換をやった。

ソルの竜玉《オーブ》に似た、陽玉とやらをお揃いで持ちたいってお兄ちゃんが言ってくれたんだ。

いろいろ悩んだ結果、帯飾りにした。

昔の根付みたいにすれば、ベルトからも垂らせるんじゃないかなぁって思ったんだよね。

ただ、それだと落ちる可能性も高い。

そこで、連想ゲームのように閃いた！

昔の根付、根付ストラップ、ひばり結び、ひばり結びなら落ちない‼

しかも、ひばり結びは紐を長くすれば、どんなベルトにも対応できる。

地球の礼装でタイが必須なように、ガシェ王国の民族衣装や正装にはベルトが不可欠。庶民の正装でも短剣を装着するため、ベルトの形は様々な上に種類も豊富なんだよ。

紐の先につけるチャームは、ディーをモチーフにしたものにして、お揃い感を演出してみた。

私がイメージしたのは、よく神社とかにある十二支の根付ストラップの戌バージョン。

実際にできあがったのは、根付ストラップの二倍以上ありそうな大きさだったけど、ベルトにつけるならちょうどいい大きさかも！

作るときには、スノーウルフだった頃のディーの毛並みを思い出していた。もふもふを強く念じたせいか、体のフォルムが丸っこくなってしまったが、冬毛のディーだと言い張ったよ。

ディーの冬毛といえば、夏毛にかわる換毛期に、冬毛がごっそり取れるのが気持ちよかったなあ。

両手いっぱいのもふもふの山！

定番の毛玉ボールを作りたかったんだけど、パウルに反対され、抜けた毛の山は即座に使用人たちによって回収されてた。

今思えば、あれは私が隠れて毛玉ボールを作らないようの対策だったんだな……。

お兄ちゃんが作ってくれた帯飾りは、私が作ったものに似ているけど、アレンジが加えられていた。

まずはチャームの部分。私の丸っこいディーに対して、お兄ちゃんのは凛々しいディーだった。

その凛々しいディーの周りには、クレシスチェリーの花と葉っぱのフレームが。

パッと見、警察犬とかのエンブレムにありそうって思ったよ。

それとうっかり落とし物防止として、ピンもついてた。ピンバッジのピンみたいなやつで、キャッチが外れたりしないよう二重ロック機能つき。

お兄ちゃんの念の入れようが凄い……。

まぁ、何を作るか相談していたときに、遊んでても落ちたりなくしたりしないものって言っちゃったからね。

できたものをパパンたちに見せたら、パパンが拗ねた……。

「お兄様、抜け駆けは卑怯ですわよ！」

お姉ちゃんはお兄ちゃんに詰め寄る。

「カーナはネマとお揃いの服でお出かけしたよね？」

お揃いの服……エルフの森に行ったときのことかな？

確かに、お姉ちゃんとお揃いで持っているものはそこそこある。衣装も同じデザインで色違いとか、光る剣とか。

「カーナは衣装や装飾品、いろいろなものでネマとお揃いにできるけど、僕は限られているんだよ？」

「……仕方ないですわね。今回は譲りましょう」

お兄ちゃんの訴えが心に響いたのか、お姉ちゃんは素直に矛を収めた。

「ネマ、あちらに戻ったら、たくさんお揃いのものをあつらえましょうね」

あっさり引いた理由は、もっと数で勝負してやるぞ！　ってことだったのか。

お姉ちゃんの方がセンスあるので、服やアクセサリーはお任せしてしまおう。

ちなみにその間、パパンはママンに慰められていた。

兄妹でお揃いはハードル低いけど、父娘でお揃いはなかなか思い浮かばない。

どうパパンを説得するか頭を悩ませていたら、お兄ちゃんがこっそり教えてくれた。

『執務机に飾れるものはどうかな？　ネマの手作りだったら、父上は凄く喜ぶよ』

その手があったか！

お兄ちゃんは、私が粘土遊びにハマっているのを知っていたので思いついたのだろう。

そういえば、小学生低学年のときに、父の日の贈り物を作ろうって授業があったな。

似顔絵を描いたり、紙粘土で謎の物体を作ったり……私は何を作ったんだっけなぁ。

あ、思い出した！

「おとう様にもおそろいで作るから楽しみに待ってて！」

ライナス帝国に戻ったら、すぐに材料を集めよう！

「ネマ……。私の子供たちが心優しく育って、お父様は幸せ者だ！」

感極まったパパンに高い高いされた。

パパンの身長が高いこともあって、高い高いもかなり高く感じるんだよね。楽しいからいいけど。

明日は帰国する日で、それもあってパパンやお兄ちゃんはちょっと感傷的になっているのかも？

私も今のうちにいっぱい甘えておかないと！

「おとう様、今日はみんないっしょに寝ようね」

家族みんなでミルマ国最後の夜を過ごすことを提案する。

「それはいいね。ぜひそうしよう！」

パパンの同意が得られれば、それは決定事項となる。

使用人たちの手間を増やしてしまうけど、家族団欒の時間は貴重なので許して欲しい。

あっという間に夜ご飯の時間になり、私は食べ納めだからと、ミイの実料理を堪能した。

改めて、ミイの実の品種改良を頑張ろうと思ったよ！

あとはひたすらディーとラース君をもふり倒し、海《かい》にもふもふ欲を食べてもらってさらにもふる！

私の希望通り、家族みんなで眠ったら、楽しい時間ももう終わり……。


「ゔぅぅ……」

別れがたくてママンにしがみつく。

今日も転移魔法陣がある黄金の部屋はありえないくらい輝いているが、それを楽しむ余裕はない。

「ネマがわたくしたちのもとへ帰ってこられるよう、デールたちも力を尽くしているわ。もうちょっとだけ、協力してくれるかしら？」

諸悪の根源である聖主って人物を探すために、パパンたちは頑張ってくれている。

ここで私がお家に帰ったら邪魔どころか、足手まといそのものだろう。

「わかった。私もがんばる」

ママンにぎゅーっとされて、次はパパン。

「すっごいの作っておくるね。それから、約束忘れないでよ？」

「もちろんだとも。それと……」

怪我をしないこと、皇子たちに気をつけること、知らない男性には近づかないことなどなど、いっぱい言われた。

ライナス帝国組が先に帰国するので、私とお姉ちゃんもそれに同行する。

その後、パパンたちも転移魔法陣でガシェ王国に帰るのだが、ジーン兄ちゃんとその部下さんたちはまだ残ってお仕事を片付けるそうだ。

別れを惜しみつつも転移魔法陣に乗り、あることに気づいた。

「アイセ様は？」

アイセさんの姿がどこにもないのだ。

「アイセなら、ちょっと行ってくると言って、どこかに行ったよ」

それでいいのか先帝様！　孫が心配じゃないの!?

あっけらかんとしている先帝様にも驚きだが、挨拶もなく出ていくアイセさんにもびっくりだよ。

てかこれ、向こうで待ち構えているであろうクレイさんに怒られるのでは？

「ちゃんと先帝様がクレイ様に説明してくださいね！」

そうお願いすると、先帝様は任せておけと返事をしてくれた……が、ちょっと不安。

準備は整い、魔法陣が光り始める。

「ディー！　いつでも遊びにきてね！　待ってるから！」

「ぎゃぁう！」

キラキラが眩しくなり、目を細めた瞬間、転移したのがわかった。

転移魔法陣から発せられたキラキラが収まると、目の前に先帝様たちを出迎える人々が待ち構えていた。

その中にはダオとマーリエもいて、視線が合うと二人は小さく手を振る。

二人のもとへ早く行きたいのだが、ダオの横にいたルイさんに視線で制止された。

ルイさんが一歩前へ出て、皇族らしく先帝様と皇太后様に口上を述べたと思ったら、すぐいつもの感じに戻る。

「で、ミルマ国はいかがでしたか、父上？」

「土産話ならたくさんあるぞ！　まずはセリューに報告せねばならぬが、気になるなら同席せよ」

先帝様の言葉に、ルイさんは喜んでいる。

遺跡の件やクーデターの件は報告されているはずだけど、ルイさんが聞きたいのは立太子の儀の様子かな？

「祖父上、アイセはどちらに？」

「アイセならヴィルともうしばらく遊んでいくそうだ」

アイセさんはすでにいなかったし、ヴィもあのあとパパンたちと一緒に帰国するはずだが……。

「またヴィルか……」

「クレイ様の手紙を渡したとき、アイセ様、うれしそうだったよ！　きっとすぐ帰ってくるよ！」

クレイさんの哀愁漂う感じがいたたまれなくて、つい慰めてしまう。

私も家族と別れたばかりだから、クレイさんの淋しがる気持ちはめちゃくちゃ理解できるし。

「嬉しそうだったか。あの手紙を読んで、私が心配していることをわかってくれたらいいが……」

「クレイ、まだそんなことを言ってんの？　アイセはそういうお年頃なんだから、僕たちは信じて待っていればいいんだよ」

ルイさんの言葉で、ふと思い浮かんだのは厨二病だった。

でも、アイセさんはどちらかと言うと反抗期なように思える。家族から干渉されるのがウザい的な。

「お前はずっといい子だったから納得がいかないのだろうが、このままだと嫌われるぞ？」

「嫌われるって、アイセは……」

クレイさんが反論しようとしかけるも、ルイさんは構わず続ける。

「親兄妹、恋人。どんな関係だろうがしつこい奴は嫌われる。鬱陶《うっとう》しいと距離を置かれる。それが今のお前だ」

はっきりと言っちゃった！

クレイさんには凄い衝撃だったようで、目を見開いたまま固まっている。

どうしたらいいのかとわたわたしていたら、皇太后様と目が合った。とても上品な仕草で、口の前に指を立てる。

皇太后様に見惚れながら、コクコクと頷く。黙って見ていますとも！

「クレイ、お前はいざというときに頼りになる兄を目指せ！」

「……頼りになる？」

ルイさんの衝撃発言から我に返ったクレイさんだが、完全に動揺は去っていないようだ。

そんなクレイさんを気にかけることなく、ルイさんはとどめを刺さんばかりに畳みかける。

「テオとエリザは興味がないことには動かないし、ましてや弟の尻拭いをするような性格ではない。それじゃあ、クレイを頼れるかと言うと、頼ったら最後、ずっと小言を言われ続ける」

うわぁ……めっちゃ想像できるわぁ。

テオさんは無表情のまま、そうかって一言で終わらせる気がする。

エリザさんは不敵に微笑みながら、この貸しは高くつきましてよ？　とか言ってそう。怖くて頼めないよ……。

んで、問題のクレイさんは……どうしてそんな危ないことを云々、会うたびに言われて、お出かけも監視されかねない。プチストーカー待ったなし。

……アイセさん、兄弟関係も苦労していたんだな。なんとなくヴィに懐く理由がわかったかも。

「アイセもダオも、もう分別のわからない赤子ではない。あの子たちの成長を受け入れろ」

その言葉で、クレイさんがどうして過干渉になったのか、少しだけわかったかもしれない。

たぶん、クレイさんの中では、アイセさんとダオは自分に懐いていた頃のまま止まっているんだ。

アイセさんはもう、自分の身を守ることもできるし、私が知らないだけで国のために働いているのだろう。

だけど、クレイさんには守らなければならない幼な子に見えている。

その認識の歪みを正さなければ、クレイさんはずっと不安を抱いたままになってしまう。

「だけど……アイセもダオも、兄上やエリザみたいに図太くない……」

いやいや、ここで突然の悪口⁉

クレイさんも混乱しているのか？

「……うん、それは二人の持ち味というか……」

ルイさんもフォローになってないからね‼

「図太くないと貴族たちの食いものにされてしまう！」

クレイさんの訴えに、私は心の中で思いっきり突っ込む。

大丈夫！　アイセさんは十分に図太いよ‼

じゃないと腹黒なヴィと仲良くなったりしないでしょ！

クレイさん、可愛い弟のままでいて欲しい気持ちもわかるけど、現実を見よう？

口出ししたいけどできないもどかしさで、私の方がどうにかなってしまいそうだ。

しかし、この気まずい空気を壊したのは、当事者の一人、ダオだった。

「僕はクレイ兄上のこと大好きだよ」

ダオはクレイさんの手を取り、ちょっと恥ずかしそうに告げた。

相手への好意を口に出すことが少ないダオにとって、凄く勇気がいったと思う。

「クレイ兄上から見たら危なく感じると思うけど、僕はいろいろなことを経験したい。わからないことは兄上たちに聞くし、僕が立派になったら一緒に公務もできるよね？」

可愛がっている弟にこんなことを言われたら……あっさりとクレイさんは陥落した。

「ダオっ……」

力強くダオを抱きしめるクレイさん。感極まりすぎて言葉も出ないようだ。

「クレイ兄上とお仕事するのが夢なんだ」

ダオの素直さは無敵だな！

マーリエ母の思惑で、皇族の中でも孤立していたダオにとって、クレイさんは家族愛を感じられる唯一の人だったんじゃないかな？

だからこそ、クレイさんはダオのことをちゃんと見てって思う。

いや、日々成長するダオを見ないなんてもったいない！

自分にもできた、やれたと喜ぶダオの顔は本当に可愛くて、愛でずにはいられない。知らないなんて損だよ！　損‼

微笑ましいダオとクレイさんを見て、私は手紙を渡したときのアイセさんの顔を思い出す。

黙っているよう言われたにもかかわらず、そういえば……と自分の考えを口にしてしまう。

「アイセ様も、心配してあれやこれやって手を出されるより、よくできたね、すごいねってほめてもらいたいんじゃないかな？」

　アイセさんの年頃は大人ではないが、子供でもない。自分でできることが増えて、自立への自信をつける時期だ。

　だけど、クレイさんがこんな調子だったから、なんで認めてくれないの!?　って反抗的な態度を取ってしまっている可能性もある。

　ミルマ国にいたとき、アイセさんの先帝様たちへの態度はちょっと素っ気ない程度で、避けている感じはまったくなかった。

　つまり、露骨に避けていたのはクレイさんのみなのでは？

「なるほど。クレイ、アイセのことを褒めたことはあったか？」

「……小さい頃はありましたが、ここ数巡は覚えていません」

　ルイさんの質問に、クレイさんは力なく答える。

「じゃあ、次会ったときにはほめてあげてね。ミルマ国でヴィとアイセ様が誘拐されたエルフを救出したのよ！　それに、窃盗事件の証拠も見つけたんだから！」

　私がアイセさんの活躍を教えると、クレイさんは初耳だったみたい。

　凄く驚いた顔で私を見ている。

「誘拐！　窃盗!?　そんなあぶ……」

　とっさに口を噤《つぐ》んだのは、いろいろ自覚したからか。

「心の中で心配するのは構わない。むしろ当然だ。だが、アイセが無辜《むこ》の民を助けたことは誇ってやれ」

なんか話が大きくなった気がしなくもないが、ミルマ国の人々のためになったことは間違いないので黙っておく。

「クレイ、ダオ、こちらへ」

上手くまとまりかけたのに、先帝様が二人を呼んだ。

さすがにここでお説教はないはず。

「クレイ、己の足りないものを自覚できたのなら、あとは励むだけだ。弟たちに誇れる己であれ」

「……っはい」

先帝様の励ましに、なんとか返事をするクレイさん。

「お前には、兄弟の背中が遠く感じているだろう。ダオはよく頑張っている。己を見失うな。いずれ横に並び立つ日が来る」

ダオにも同様に励ましの言葉を贈る先帝様だが、何やら実感がこもっているような……。

まぁ、先帝様の時代もいろいろあったのだろう。

「はいっ！」

頑張ってキリッとした顔で返事をするダオ。

出会ったときのおどおどした感じはもうない。

ダオの成長を直に感じられ、ダオの姉貴分として私も嬉しい！

それからようやく場の雰囲気が緩み、ちょっとした談笑をする余裕も生まれた。

「マーリエ！」

私は早速、マーリエに向かって飛びついた。

「人前ではしたないことをしないって、いつも言っているでしょ！」

マーリエにぎゅーってして、両手を掴んで上下にぶんぶん振って再会の喜びを表現したら怒られた。

「ごめん……うれしくてつい……」

「まぁいいわ。おかえりなさい、ネマ」

おかえりと言われて、胸がジーンとした。

マーリエに！　笑顔で！　おかえりって言われた‼

感動のあまり、また抱きつきたくなったけど、先ほど怒られたばかりなので我慢する。

「ただいま！　お土産もいっぱい買ってきたよ！」

「僕も！　ネマ、おかえり」

ダオにも笑顔でただいまを告げて、両手をぶんぶんする。

「マーリエもよかったね。ずっと帰ってこないかもって心配してたから……」

「ダオっ！　余計なこと言わないの！」

顔を真っ赤にしてマーリエは怒っているけど、それが照れ隠しなのはバレバレである。

しかし、なんで私が帰ってこないなんて思ったんだろう？

「…………るから……」

マーリエが俯いて何か言ったけど、小さすぎて聞き取れなかった。

「ん？」

「だから！　両親とずっと一緒にいたい気持ちはわかるからって言ったのよ！」

その勢いにちょっとびっくりしたけど、マーリエがどうして心配していたのかわかった。

「久しぶりにご両親にも会ったんだよね？　ネマが家族と一緒がいいって、そのままガシェ王国に帰っちゃうんじゃないかって……」

ダオが説明してくれている間、ぷいっと顔を背けるマーリエが可愛くて可愛くて。

もう一回両手を握り、マーリエの目を見つめて言う。

「マーリエに黙って、国に帰ったりしないわ。約束する」

「破ったら承知しないわよ」

どこまでも強がるマーリエに、私は我慢できずに抱きついた。

「マーリエは親友だもの。絶対に約束は守るから」

マーリエは何も返してくれなかったけど、背中の服が引っ張られる感覚がした。

「じゃあ、お土産渡すから、部屋に行こう！」

マーリエの手を繋いで、私の部屋に行こうと誘うと、マーリエはダオに助けを求めた。

「ちょっとダオ！　笑っていないでネマを止めてよ！」

しかし、ダオはそれに答えなかった。

ニコニコと笑顔でもう一方のマーリエの手を取り、明るい声で言う。

「お土産楽しみだねー」

8 ウルクの健康診断！

ライナス帝国に戻った翌日。

私は皇帝陛下の執務室にお呼びがかかった。

ウルクのことだろうなぁと思ったので、連れていくことにしたんだけど……。

誰もいない廊下を進んでいたら、ウルクがスーッと姿を消す。

曲がり角から文官らしき男性が現れた。彼は私に気づくと廊下の端に寄り、姿勢を落として私が通りすぎるのを待つ。

そして、彼の視界から外れたことを確認し、ウルクが追いつくまで私は立ち止まる。

ウルクの姿を他の人に見られないよう、陛下の執務室に行くのはかなり気を使う。

姿を消しているときのウルクは動けないと言っていたけど、実際は超ゆっくりなら動けるらしい。

身を守るだけでなく、狩りをするときにも使う能力だから、動けないと困るよね。

獲物を狙う肉食獣のごとく、のっそり移動しているウルクを見られないのが本当に残念だ。

今度、見える状態で再現してもらおう！

普段よりも、執務室までの道のりは遠かった。

でも、人に見つからないよう移動するのは、スパイになったみたいでドキドキしたよ。

ようやくたどり着いた陛下の執務室。許可をもらって扉を開けてもらうと、凄い勢いで何かが飛び出す。

「どうどう。ユーシェ、びっくりするから！　ちょっと落ち着いて！」

ある程度予想はしていたけど、開けた瞬間に来られるのはびっくりするわ！

興奮しているユーシェの体をペチペチ叩きながら宥めるも、一向に落ち着かない。

顔をぐいぐい押しつけられるわ、髪の毛を食べられるわ、身嗜みを整えてきたのにボロボロだ。

「ユーシェ！　ネフェルティマ嬢が困っているだろう。離れなさい」

陛下に注意されて、ようやく大人しくなった。

でも、離れがたいと思ってくれているのか、顔を擦りつけるのはやめない。

「ユーシェ、ミルマ国ですごいことがあったの。へいかといっしょに、私のお話聞いてくれる？」

私のお願いに、ユーシェは首を振って答えてくれた。

陛下も笑って私に着席を促してくる。

私がソファーに座ると、ユーシェは私の足元で寝そべり、頭を膝に乗っけてきた。服越しに伝わるひんやり感が気持ちいい。

「ネフェルティマ嬢がいなくて、とても淋しがっていたんだよ」

甘えん坊なユーシェを見て、陛下が教えてくれる。

しかし、拗ねたユーシェが陛下の服をダメにしてしまったとか、庭を荒らしたとか、被害を受けたことまで報告してくるのには困った。

陛下の衣装なんて凄く高価なものだろうし、庭は魔法で綺麗にできるとしても人件費はかかっただろうし……弁償すべき？

付き添いのパウルに視線をやると、小さく頷いてみせた。

つまり、パウルがどうにかしてくれるらしい。よかった！

「戻ってきたばかりですまないが、いろいろと聞いておかなければいけないのでな」

私がムシュフシュのことかと問うと、陛下は短く肯定する。

「連れてきているのだろう？」

確信している言い方から、精霊にでも聞いたのかな？

ウルクに姿を見せるようお願いすると、執務室内で待機していた警衛隊員が緊張するのがわかった。

「ムシュフシュのウルクと、尻尾の先にいるのはスライムの葡萄《ぶどう》です！」

姿が見えるようになったウルクはパウルの隣にいた。私の側にはユーシェがいるので、近づけなかったようだ。

「……なぜ、スライムが？」

陛下、真っ先に気になったのはそこ？　つか、笑い出しそうなのを堪えてる??

「ムシュフシュは猛毒を持っているので、誤って刺したりしないよう、毒を好むスライムを毒針のふたにしてます」

「ネフェルティマ嬢のその発想には素直に敬意を表するよ」

なぜそうなったのかの経緯まで説明したら、陛下は笑いを堪えながら感心するように言う。

「いえ、最初にやったのはパウル……」

私が変わり者みたいに思われそうなので、ちゃんと正そうとしたらパウルの咳払いに邪魔された。

毒針に紫紺を突き刺したのはパウルなのに！

「それでムシュフシュのことだが、私から下知を出しても怯える者も多いだろう」

訓練されたワイバーンでも怖がる人はいるそうだし、これればかりは仕方ない。

「なので、まずは飛竜兵団の竜医にムシュフシュを診せ、竜医の見解とともに下知を出す。連れ回すのはそれ以降にしてもらえるかな？」

ライナス帝国では、日本の現代医療のような専門医に似た制度を設けている。同じように、動物の治癒術師も生き物の種類で専門を分けているそうだ。

陛下の言う竜医とは、竜種専門の獣医のこと。

もしかしたら、ウルクの健康診断も兼ねているのかも。

ちなみに、我が国では鳥獣治癒係という部署がそれにあたる。

治癒魔法が使える、竜騎部隊と獣騎隊の騎士の中から選ばれた人たちだ。彼らは、ダンさんやレスティンに負けないほど動物が好きで、ちょっと癖が強い人が多いけど。

治療に関しては得意不得意があるそうだが、竜舎と獣舎にいる生き物をすべて担当している。

「竜医さんが大丈夫だって認めれば、怖がる人が減るんですか？」

「ムシュフシュを診るのは竜医長だ。少々訳ありで表に出てくることはないが、彼の凄さは宮殿で働いている者なら一度は耳にしているだろう」

その分野の権威が言うなら……って感じかな？

それでも怖い人はいると思うから、様子を見つつ行動範囲を広げた方がいいかも。

「ネフェルティマ嬢なら大丈夫だと思うが、竜医長は人を選ぶ。彼に会うときの付き添いはシンキだけにして欲しい」

付き添いが森鬼だけってことは、魔物っ子たちも連れていっちゃダメってことだよね？

獣騎士の中には、動物は大好きだけど人間は苦手っていう人もいたから、付き添いを連れていくなって言うのなら理解できる。

「その方は人見知りなんですか？」

陛下は、会えばわかると言って教えてくれなかった。

ムシュフシュについての話題に戻り、問われるがままミルマ国で体験したことをしゃべる。

ウルクやドワーフたちとの出会い、女神様に会ってディーが帰ってきたこと、クーデター未遂事件などなど。

竜医長さんのこと、あまり口外したくない空気を察したよ。

訳ありがどんな訳ありかは不明だけど、変な人じゃないことを祈る！

◆　◆　◆

ウルクの健康診断の日。

陛下は迎えを寄こすと言っていたが、これは予想外だったよ！

「本日は私がネフェルティマ様の護衛にあたります」

やってきたのはライナス帝国軍のトップである総帥さん……。どういうこと？

「驚いてる驚いてる」

体の大きな総帥さんの後ろから、ひょっこり顔を出したのはルイさん。

「どういうこと？」

ルイさんと総帥さんが仲良しなのは聞いた気がするけど、ウルクの健康診断になぜ二人が関わってくるのかわからない。

「陛下からも聞いていると思うけど、今日会ってもらう竜医長は特別なんだ。彼に会える人が限られているから、竜舎までは僕の警衛隊が護衛し、竜医長と会うときはこのクォンが同席する」

ウルクの姿を見られないよう、転移魔法陣の部屋に行くルートの人払いもしてあるそうだ。

「というわけだから、ネマちゃんは僕たちが預かるよ。君もいろいろと忙しいようだし」

今回は森鬼のみの同行となる。白とグラーティアはもちろん、ノックスですらダメだと言われた。

それもあって、途中まではパウルも同行する予定だったのだが……。どうやら、それも叶いそうにないみたい。

「確かに、言いつけを守らなかった者がいたせいで、その後始末をしなければなりません。しかし、誰ともわからない人物に会わせるのに、シンキのみというのはいかがなものかと」

パウルの言いつけを破った勇者がいるだと⁉

誰だ！　そんな命知らずは‼

だが、その命知らずな勇者のせいでパウルは忙しい。ルイさんはそれを知っていて、来なくていいと言っている。

心配症なパウルは承諾できない。ルイさんはパウルを説得できるのか？

「彼がどんな人物なのか詳しくは話せないが……皇帝陛下に命を預けているから心配はいらない」

「命を⁉」

パウルが驚くのも無理はない。

この場合の『命を預ける』の意味は忠誠を誓い、なおかつ、命を含めた自分のすべてを差し出すという、最上級の忠誠の表し方だ。

このときの誓う文言には『命令には逆らわない』や『代償は命』といったものが使われるらしい。

つまり、なんの過《あやま》ちがなくても、陛下が死ねと言うだけで誓った者は死んでしまう、とても恐ろしいものなのだ。

権力者にとっては、命を預けてくれた者は絶対的な味方なので安心できるけど、預けた側は逆らえないので諫めることもできなくなる。

昔、命を預けることを強要した王様がいて、諫める者がいない国は最終的に滅びた。

国が滅びるのは神様の意思。そんな王は神様に不要だと判断されたと思われて、今では臣下の命を預かる君主は君主失格だと言われる。

主人の過ちを正せない忠臣は忠臣と言えるのか？　と、仕える立場の者たちからもよく思われていないらしい。

そんな両者の立場を悪くする誓いを交わしているって、物凄いことなんだよ！

「彼が陛下の命に逆らうことも、ネマちゃんを害することもないと、名に誓ってもいい」

皇族が名に誓うのも厭わないくらい、その竜医長さんの信頼は厚いようだ。

「そこまで仰るのでしたら……承知致しました」

パウルが受け入れた！

まぁ、ここまで言われたら反対もできないか。

「それと、彼が陛下に命を預けているのは、宮殿には周知されているから」

陛下の評判を落とすようなことなのに、隠さずにいるのもさすがだなぁ。

こんな話を聞いちゃうと、余計にその竜医長さんがどんな人なのか気になるよね。

というわけで、パウルとスピカに見送られ、森鬼とウルクと今日のウルク当番の紫紺とで、まずは転移魔法陣の部屋へ。

ルイさんが人払いしていると言った通り、道中誰にも遭遇しなかったよ。

転移魔法陣でワイバーンたちが住む竜舎に飛び、ルイさんの警衛隊の皆さんと合流した。

「……森鬼、抱っこよろしく！」

断崖絶壁に設けられた、手すりのない足場をウルクに乗って進むのは無理！

ウルクは垂直の壁にへばりつくこともできるので、落ちたらひとたまりもない細い道でも平然としている。

私はつい崖下に視線が行ってしまい、森鬼にくっつく方を選んだ。

ママン特製命綱を持ってくればよかったなぁ。

デンジャラスゾーンを抜けて、飛竜兵団の宿舎がある方へ向かうのかと思いきや、さらに山の上の方へ登っていく。

ここら辺は平地がほとんどないので、ワイバーンたちの行動範囲ではないみたい。

そんな場所にぽつりとある一軒家。宿舎よりしっかりとした石造りだけど年季が入っている。

警衛隊の皆さんはお外を警備し、お家に入るのは私たちと総帥さんだけ。

「ルイ様はいっしょじゃないの？」

「僕は彼に嫌われているんだよねぇ」

だから、警衛隊とともにお外で待っているそうだ。

竜医長さんが極度の人見知りならば、ルイさんのような距離感が近い人は苦手だろうな。

私もお淑やかにしておこう。第一印象は大事だしね。

「シコンはここで預かるよ」

ウルクの尻尾にくっついたままだった紫紺のことを思い出し、ルイさんに手渡す。

「いい、ルイ様の言うことを聞いて、いい子にしててね。遊ぶのはいいけど、誰かを傷つけたり、見えないところに行くのはダメだからね」

スライムたちはたまに突拍子もないことをしたりするので、しっかりと念を押しておく。

それと、精霊にも紫紺の通訳をお願いする。警備隊にエルフもいるので、意思疎通も問題ないはず。

総帥さんが玄関の扉をノックして、開けるぞと声をかける。

軍関係者しかいない場所だけど、鍵をかけていないのは不用心では？

総帥さんのあとに続いて私たちもお邪魔した。

お家の中もかなり年季が入っている。家具も最近では見かけない意匠のものばかりだ。

あと、あちらこちらに散乱している本も凄い量なのが見てわかる。

人の気配はなく、まさかの留守なのかと思っていたときだった……。

「ひぃっ！」

ぬっと出てきた物体に驚いて、森鬼の後ろに隠れた。

お化け屋敷でお化けにビビったとき並みに心臓がバクバクしている。

そっと顔を出して、その物体を確かめると、ローブをかぶった人？　にしては、後ろが盛り上がっているのがおかしい。もしかして、獣人？

「ネフェルティマ様、これから見聞きすることを皇帝陛下以外には口外しないと名に誓っていただけますかな？　もちろん、君たちも」

　総帥さんの真剣な眼差しを見て、私たちはすぐに同意した。

「この場でのことをへいか以外に言わないと、ネフェルティマ・オスフェの名にちかいます！」

「同じく、皇帝以外には言わないとシンキの名に誓う」

『この住処で知り得たことは皇帝陛下とやらの前以外では口にしない。ウルクの名に誓う』

　ウルクが名に誓ったことを総帥さんに伝えると、彼は頷いてローブの人を示して言った。

「彼が竜医長のマロウです。申し訳ありませんが、このままでのお相手をお許しください」

　紹介してもらった竜医長さんは、黄土色のフードつきローブで全身を覆っているため、背中に何かしらの特徴があることくらいしかわからない。

　仮に獣人だとしたら、種族の特徴で嫌な思いをしたから隠したいとかかな？

「私たちはかまいませんが、ウルクを診るのに不便じゃないですか？」

「問題ありません」

　総帥さんは言い切る。

　にしても、ここまで一言もしゃべらない竜医長さん。やっぱり、超人見知りっぽいね。

「じゃあ、お願いします」

　ウルクには抵抗したりしないようにとお願いしたけど、本当に大丈夫かな？　嫌がって暴れたら死人が出そう……。

竜医長さんはウルクに近づき、何かを呟いた。

それから、頭、角、胴体と、体の表面を触っていく。前脚の肉球に触っている時間が、他の部位よりも長かったのは気のせいじゃないと思う。

ウルクの背後に回り、尻尾を確かめ、お尻をまじまじと見つめ、屈んでお腹をさすさす撫でる。

ムシュフシュのデリケートゾーンをそんなに触るなんて……羨ましい！

ちなみに、ウルクの排泄は鳥タイプだったよ。

鳥類も爬虫類も総排出腔という、糞《ふん》も尿も生殖も一つの器官で行えるので、おかしくはないんだろうけど……。

ぶっちゃけ、交尾はどうやるんだろうと思わなくもない。

ウルクによると、ムシュフシュの雌は発情期になると凄く凶暴で、雄を殺してしまう場合もあるのだとか。

となると、節足動物に見られる交接の方かもしれないなぁ。

竜医長さんが熱心なのも、そういった研究心からくるものなのかも。

だけど、ウルクが毒針でプスッて刺しませんようにって、ハラハラしながら祈ってる。

前方に戻り、竜医長さんはウルクの口に手をかける。

『まだ我慢せねばならんのか！』

フーシャァァーーと威嚇音を出すウルク。尻尾も高い位置に持ち上げて臨戦態勢になっている！

「わぁぁー！　ウルク！　刺しちゃダメだってば‼」

条件反射で刺してしまわないよう、森鬼に尻尾を捕まえさせた。

こちらがあたふたしている間に、竜医長さんはウルクの口をこじ開けているではないか！

ウルクの頭部はヘビに近いので、それはもう大きく開く。鋭い牙も丸見えだ。

『ふんっ！』

ウルクが気合いを入れたと思ったら……。

「ぎゃぁぁーー‼　ウルク！　ペッしなさい！　その人は食べられません‼」

竜医長の腕を食べてしまった。

運よく牙は刺さっていないみたいなので、ウルクに離すよう訴える。

しかし、ウルクは機嫌が悪いこともあって、口を開けようともしない。

「竜医長さん、そのままじっとしててくださいね」

ウルクの側により、帰ったらご飯あげるから、なんでも好きなもの用意するからと、説得を試みる。

これが魔物っ子たちなら、ご飯の話題で面白いくらい釣れるのだが、ウルクはダメだった。

「じゃあ、美味しい水を用意するから！　魔法のお水じゃなくて、有名な自然水を各種用意するから！」

『水だと？　どれくらい美味いんだ？』

水の話題には食いついてくれた！

野生暮らしだったウルク。ミルマ国の離宮に来た当初は、お腹が空いていないからと水だけしかとらなかった。

そのお水は、水魔法が使えるシェルが用意してくれたものなんだけど、物凄い勢いで飲み始めたんだよね。

チロチロと舌で水を舐めるのかと思ったら、器に顔を突っ込んでゴクゴクって感じで飲んだのにはびっくりした。

自然界では綺麗な飲み水は貴重だから、ウルクがこだわるのも理解できる。

「リンドブルムたちが、すごく美味しいと絶賛しているお水があるの！」

なんだかんだと言って爬虫類の性質が強いのか、ほとんどの竜種は綺麗好きだ。

特に、綺麗な湧水がある場所は、命懸けの奪い合いが起きるくらいに。

竜種が好む水は、ここの竜舎にも用意してあるだろうし、ダンさんにお願いして送ってもらってもいい。

舌が肥えたウルクを満足させるお水を用意するということで納得したウルクが、ようやく竜医長さんの腕を吐き出した。

「大丈夫ですか？」

もし怪我をしていたら、治癒魔法が使える警衛隊員を呼ばないとと考えながら、食われていた腕を取る。

「あれ？」

腕を見るとなんともない。無傷とかいうレベルでなく、服すら濡れてないだと⁉

唾液の跡がない腕を見つめて首を捻る。

「…………」

何か声みたいなのが聞こえたような？

「魔法をかけていたから、怪我はないそうだ」

私には聞き取れなかったけど、獣人の総帥さんにはちゃんと聞こえたようだ。

「けががないならよかったです」

それにしても、手の甲とか病人かと思うほど真っ白だった。

もしかして……コミュ障な引きニート？

お仕事しているからニートじゃないとしても、コミュ障で引きこもりっぽいオーラは出てる。

……私、やらかした⁇

「ごめんなさい。慣れない人に触られるのいやでしたよね」

野生動物が人間に触れられるとストレスを感じるように、人間も親しくない人に近づかれたり、触れられるとストレスがかかる。

距離は保とうと思ってたのに……。

「…………」

「気にしなくていいと。緊張していて上手くしゃべれないらしい」

総帥さん、私の護衛ではなく通訳として同行したんだっけ？　と思わずにいられない。

「ありがとうございます。あの、ウルクの口の中を観察するんですよね？　お手伝いします」

知らない人に何されるかわからないよりは、私に従う方がウルクも気持ちが楽なはず。

「…………」

「不要だと言っているが……。私も手を借りた方がよいと思う」

総帥さんの説得もあって、渋々お手伝いを承諾してもらえた。

「じゃあ、ウルク。口を開けて……はい、あーん」

なんで『あーん』のときって、自分の口も開いてしまうんだろう？

私が口を開けると、ウルクも同じように口を開ける。

へー、こんなふうになっているんだ……。あ、今回は牙が出てない。攻撃する意思がないからかな？　つか、舌はどこにしまってあるの？

「ウルク、舌は？」

私が聞いたら、舌先だけをちょこっと出してくれた。

舌を収納できるようになっているのか！

ヘビの気道は、餌を丸呑みしても窒息しないよう、喉より手前についている上に動かせる。これはウルクも同じだった。

その気道の下に舌が出入りする穴がある感じだ。

だけどさ、舌が収納されていたら、味がわからなくない？

ご飯は丸呑みだから味わえないけど、水はどこで味を感じ取ってんの⁇

「なんで水の味がわかるんだろう？」

ウルクの口の中を観察すればするほど、疑問が湧き上がってくる。

「……………」

ウルクの唾液を採取していた竜医長さんが何か言った。

隣にいてもほとんど聞こえないって、ある意味凄いよ。

「上顎の奥に味覚を感じる部分があるらしい。だが、感じる力は鈍いと」

総帥さんの通訳に、なるほどと頷く。

味を感じられるのなら、好む味、好まない味があるのは当然だ。

また、味で危険を察知することもできるしね。

それから竜医長さんは毒液を採取し、何かを総帥さんに伝えた。

総帥さんは困惑して、なぜか気まずそうに私を見る。

「その……ご令嬢には言いにくいというか……」

言葉を濁し、やっぱり言わない総帥さん。

そんなに言いづらいものってなんだ？　逆に気になっちゃうじゃん！

「ムシュフシュの……を……したいと……」

総帥さんは頑張って伝えようとしてくれたのだが、肝心の部分は声が小さく、どもり気味で聞き取れない。

「ウルクの糞が欲しいそうだ」

私が困っているのを察してか、森鬼がいつもの通訳といったふうに代弁してくれた。

確かに、普通はその手の話題は躊躇《ちゅうちょ》するよね。普通はね！

こう見えても、竜舎と獣舎に入り浸っていた私である。糞ごときで怯むわけがない！

「ふんは……ガシェ王国の屋敷に送って処分しているので、お時間いただいてもいいですか？」

残念なことに、魔物っ子たちの糞も含め、お家に送っているので今はないんだよなぁ。

「……糞の処理はどのように？」

総帥さんは、まだ困惑を残した表情で通訳を続ける。

「ウルクのは、我が家の使用人が魔法処理をほどこしたあと、竜騎部隊に預けると聞いています」

前世でもペットの排泄物処理は自治体によって違うし、トイレが詰まる原因になったりと、問題になることがあった。

こちらの世界では、魔法を使って処理するのが一般的だ。

火で燃やしたり、風や水で乾燥させたり、土に馴染ませたりと、どの属性でも処理できる。

ちなみに、人間の排泄物処理は地域や環境で大きく異なる。

田舎の方では昔の日本みたいに肥溜めを作っているところもあるし、王宮や貴族の屋敷では魔道具のトイレが普及している。

「竜騎部隊ということは、撒き糞に？」

「だと思います。飛竜兵団も同じなんですか？」

竜騎部隊では、竜舎で出た糞を乾燥させて粉状にしたのち、国境沿いに撒く。

これは、竜種の縄張りであると、魔物や猛獣に認識させるためだ。

そのことから、粉状になった竜種の糞のことを撒き糞と言う。

また、一部は薬師組合などに卸され、忌避剤の原材料に使われていたりする。

「我が帝国では、領が購入する場合がほとんどだ」

国土が広いから、そういった対策も各領主の判断に委《ゆだ》ねられているのだろう。

冒険者に依頼したり、自警団を組織するよりは安あがりだしね。

『勝手に決めるな！』

ウルクの糞をどう受け渡ししようかと話を進めていたら、ウルクの威嚇音が再び発せられた。

「でも、大事なことだから。これからもウルクといっしょにいるためには、私が責任を持ってウルクの身の回りのことに対処しなければならないわ」

それから、糞尿の観察、再利用を含む処理がいかに大事かを説く。

糞尿は健康のバロメーターだし、不適切に処理してしまうと周りへ影響が出ることもある。

また、ムシュフシュの生態を記録するのは、学術的にも重要なのだ。

「ウルクをはずかしめようとは誰も思ってないよ。ウルクに何かあったとき、いち早く助けるために必要な準備なの」

ストレスを感じさせたくはないが、健康管理に必要なことは理解して欲しい。

『お前に従ってやりたいが、そいつは好かん！』

ウルクは竜医長さんを拒否した。

動物病院を嫌がる愛猫を思い出す。

前世では、飼っていた猫を動物病院に連れていくのが大変だったな。

病院に着いて診察台に上げられると、凄い顔をするんだよね。それがまた可愛くて！

ウルクも、獣医さんが苦手な愛猫と同じ気持ちなのだろう。

「わかった。その代わり、少しでも異変があったらすぐに言うこと！　約束守れなかったら、定期的に竜医長さんに診てもらうからね」

少しでもウルクが納得できるようにと、別の案を出す。

ウルクが素直に申告するかはわからない。でも、具合が悪いのを隠すようであれば容赦しないぞ！

……観察記録はこっそり取るけどね。

『約束する』

ウルクが私の条件をのんだので、糞の問題はひとまず決着かな。

あとはどうやって、ウルクにバレないよう竜医長さんに伝えるかだ。

「……好きなのか……」

「えっ？」

聞き覚えのない声が突然聞こえ、びっくりして周りを見回す。

目の前にはウルク、隣には竜医長さん、ちょっと離れて総帥さんと森鬼。この中で知らない声は……。

おそるおそる竜医長さんを見やる。

「生き物好きは、歓迎する」

本当に竜医長さんがしゃべっているの？

「ネフェルティマ様を歓迎すると言っているが……マロウ、そういう言葉は最初に言うものだぞ」

総帥さんの通訳は多少は変えられていたが、やっぱりさっきの声は竜医長さんだったんだ！

もしかして、竜医長さんの声が私に聞こえるよう、森鬼が精霊にお願いしたのかな？

「竜医長さんと同じですね！」

本当なら、仲間だー！　って握手かハグをして、気持ちを分かち合いたかったよ。竜医長さんはそういうの苦手だろうから、言葉だけにしておく。

仲良くなれそうだとほくほくしていたら、頭の上を何かが横切った。

『いけ好かねぇな』

ウルクの声とともに、竜医長さんのフードが消える。

「あ……」

顕になった竜医長さんの顔。

私と目が合ったことに気づいて、竜医長さんは慌ててフードをかぶり直す。

「……思ったよりも若い」

陛下と同じ歳くらいだと思っていたのに、どう見ても二十代前半。あとめっちゃイケメンだった‼

イケメン耐性があると自負していた私だけど、それを軽く越えてきたわ。まさか、お兄ちゃんよりもイケメンがいるとは……。

「えっ⁉」

なぜか、竜医長さんが驚いた様子を見せる。

びっくりしたのは私なんだけど？

「ネフェルティマ様、その……。マロウの姿に驚いたのでは？」

「はい、びっくりしました。お顔があまりにも美しいのと、へいかよりも若い見た目でしたので……」

そう答えると、今度は総帥さんが驚く。

「マロウの姿を見て、気分を害されたのでは？」

「とんでもない！　美しいものを拝見できて眼福です‼」

あれだけイケメンだったら、顔を隠すのもわかる。女性が放っておかないだろうし、なんなら男性にも狙われそう。

「髪の色には気づかなかったのか？」

竜医長さんの小さな声は、精霊のおかげで聞こえるのだが……髪の色とは？

神様がめっちゃこだわって作ったんだなと、思わずにはいられない美貌。肌は本当に真っ白で、額にかかる黒が映える……。

あぁぁぁーー‼　髪の毛が黒だぁぁぁーー‼

気づいてしまえば、髪が黒いってことにびっくりなんだけど、なんも違和感なかったわー。

「珍しいお色ですね」

「……気持ち悪くない？」

竜医長さんの質問の意味がわからず、首を傾げる。

「その……黒だから……」

「種族のとくちょうですか？　私の目といっしょ！」

私の場合、純粋な黒ではないが、黒っぽい色なのは間違いない。

竜医長さんが気持ち悪くないかと聞いてきたのは、黒が忌諱《きき》されている色だからだろう。

しかし、創造の力を表す白色と破壊の力を表す黒色は、神様の色とされ、祝いの場でよく用いられている。

つまり、おめでたい色でもあるわけだ。

それに、私の周りにも黒い色はある。グラーティアも黒《こく》も黒いし、スピカの毛並みも私の目と同じような黒っぽい青だ。

だから、違和感がなかったのかも？

竜医長さんは私と距離を取り、総帥さんの方に駆け寄ると、背後に隠れた。

なぜ⁉

「申し訳ない。こういったことに慣れておらず怖いと……」

そっちかー！

自分で気持ち悪くないかと聞いてきたことから、酷いことを言われていたのだろう。

あっさりと受け入れた私を異質に感じてしまうほどに……。

「じゃあ、竜医長さんが怖くなくなるまで、手紙を送り合いませんか？」

お手紙なら対面よりも気楽だろうし、ウルクの観察記録も一緒に送れるから一石二鳥！

「手紙か……いい案だと思うが、マロウはどうだ？」

総帥さんが竜医長さんに聞いてくれたけど、返事はなんと！　何を書けばいいかわからないから……だった‼

なかなか手強いぞ。

「ワイバーンのことがいいです！　日頃、ここの子たちがどんなふうに暮らしているとか、おちびちゃんがどれくらい大きくなったとか、ワイバーンのことならなんでも！」

もちろん、ワイバーンも帝国軍の大事な戦力なので、規定に引っかからない範囲でだけど。

「私もウルクのこと、いっぱい書きます！　お互いに、うちの子かわいいじまんし合いましょう‼」

「……かわいいじまん……」

「そうです。かわいい子たちのかわいい部分を教え合うのです！」

まぁ、どんなに相手から自慢されても、結局うちの子が一番可愛い！　ってなるのは飼い主あるあるだよね。

竜医長さんは興味を持ってくれたのか、総帥さんの後ろからこちらを覗いている。

「マロウ、ネフェルティマ様は今までのご令嬢とは違う。どちらかと言えば、お前たちと同類だ。断言してもいい」

悩んでいる竜医長さんを説得してくれている……んだよね？

同類って、動物が好き同士って意味だよね??

「……わかった」

総帥さんのことは全面的に信頼しているのか、竜医長さんはお手紙のやり取りを承諾してくれた。

やったー！

ウルクがいるし、竜種に詳しい人がいてくれると心強いよ！

9 言いつけを破った勇者は……。

「じゃじゃーーん!!」

やっと完成した、パパンのプレゼントを披露する。

「これは……ディーね！　でも、何に使うものなの？」

さすがお姉ちゃん！　パウルと違い、一発で当ててくれた！

パパンの方は、獅子光《ししこう》バージョンのディーにしてみたんだ。

「筆立てにも、筆置きにもできるの！」

ちなみに、こちらの世界の筆とペンは、地球のものと似たような形状をしている。

私は筆が苦手なので、もっぱらペンを使っているが……ペンもちょっと面倒臭い。

地球で言うところのつけペンって呼ばれているタイプで、インクをつけすぎたり、文字がカッスカスになったりと慣れるまで大変だった。

「お父様も絶対に喜ぶわ！　お仕事も捗《はかど》りそう」

お姉ちゃんの言葉に、私も強く頷く。パパンの仕事が捗れば、助かる部下も多いはず。

「でも、どうしてもう一つには色を塗っていないの？」

「こっちはおとう様に色をぬってもらって、私が使うの！」

私が色塗りが面倒臭くなったとかではない！　パパンが喜びそうだって閃いたからだ！

「……お父様に色塗り……できるのかしら？」

えっ……パパン、美術系ダメな人？

「旦那様は大丈夫だと思われます。以前、旦那様が描かれたという、先代様の肖像画を拝見したことがございます」

パパンが描いたお祖父ちゃんの肖像画⁉　私、見たことないんだけど！

でも、絵を描くのが上手なら、色塗りも期待できるかも。

パパンへのプレゼントとお手紙をパウルに託す。

作業疲れもあったのか、いつもより少し早めに就寝。

朝起きたら、分厚い手紙が届いていた。

プレゼントのお礼から始まり、ディーの筆立てを絶賛し、パパンにも色を塗ってもらうアイデアに感動し、素晴らしい娘がいる自分がどれだけ幸せなのかを十数枚にもわたって書いてある。

とにかく、パパンが興奮しているのはわかった。

喜んでもらえて何よりだ！

「そうだわ、ネマ。今日は、お客様がいらっしゃるから、お部屋にいてくれる？」

「お客様？」

お姉ちゃんのお客様が来るなら、私は外に遊びにいってる方がいいのでは？　魔物っ子たちもいるし……。

「ネマにも会いたいと仰っていてね」

そういうことならと、私は承諾した。

そのお客様が来るまで暇なので、パウルにあるお願いをする。

「宝探し、ですか？」

「そう！　ダオとマーリエと一緒にやりたいと思って」

宝探しゲームをやるときに、宝物を隠す役目をパウルにして欲しいとお願いしてみた。

我が家のスーパーマルチな使用人たちの筆頭でもあるパウルなら、宝の地図とか、ヒントとなる暗号とか、ちょいちょいと作れそうだもの。

「……それでしたら、まず陛下から宮殿を使うお許しをいただき、東翼の侍女頭に周知と協力を願いましょう」

パウル曰く、どんなものであれ、隠すという行為は疑われてしまうから、先に宝探しゲームをやるよって伝えるべきだと。

また、せっかく隠した宝を不審物として処理される可能性も高いので、東翼で働くみんなに周知させる必要があるらしい。

言われたら、確かに！　って思うけど、考えているときはそういった配慮が必要だって思いつきもしなかったわ。

「ご安心ください。ダオルーグ殿下とマーリエ嬢も楽しみにしていると伝えれば、陛下方はすぐにお許しくださいますよ」

だといいなぁ。

秘密の場所とか、関係者以外立入禁止がいっぱいあるからダメって言われたら諦めるしかないし……。

「ネマお嬢様。もう少し詳しく、宝探しについてご説明していただいてもよろしいですか？」

陛下にどんな遊びをするのか説明するために必要みたい。

なので、希望要望もおり混ぜて語ってみた！

まず、一番大事なのは、すぐには見つけられないこと。ヒントがないとたどり着けないようなものがいい。

第二に、謎解き要素があるともっといい！　みんなで知恵を出し合いながら、謎を解いて宝物を見つけるのは絶対楽しい。

第三に、宝物の中身はみんなで分けられるものであること。協力し合って見つけたんだから、ちゃんと分け合わないとね。

それから、なるべく広い範囲で、あちこち探し回る方がいいとか、気分を盛り上げるために冒険者っぽい服を着たいとか。

服の絵を描いてみたけど、冒険者じゃなくて探検家の服だったわ。

でも、ダオとマーリエに似合いそう！　絶対、可愛い‼

「ネマ様、パウルさん。お客様がいらっしゃいました」

スピカが知らせにきたので、宝探しゲームの話はここまで。

「……スピカ、ちょっと元気ない？　疲れが出ちゃったのかな？」

スピカもミルマ国ではしゃいでたし、旅の疲れが今出ているのかも。

「だっ、大丈夫です！」

空元気っぽい感じは否めない。

「パウル、スピカを少し休ませてもいい？」

「えぇ、構いませんよ」

パウルはすぐに許可してくれたけど、なんか雰囲気がおかしい。

ピリピリしているというか……怒ってる？

「いえ、本当に大丈夫ですので！」

「スピカ、お客様がお帰りになられるまで、自室で待機していなさい」

パウルの当たりが強いと感じたのは私だけでなく、スピカの耳と尻尾が怯えていることを示していた。

二人のその様子に、私はピンときた。

「何か失敗してしまったのなら、私もいっしょにパウルに謝るから、今は休んで」

スピカにだけ聞こえるように言ったら、スピカは私に抱きついてきた。

「ネマさまぁ……」

よしよしと頭を撫でる。

スピカは素直なので、失敗したり、間違ったときはすぐに自己申告する。

パウルはその申告を受け、事実確認をしてからスピカへ指導を行う。

つまり、今は事実確認中で、いつパウルに怒られるんだろうって、ビクビクしている状態とみた。

自室に戻るスピカに白とグラーティアを預ける。

あの子たちと遊んでいたら、気鬱《きうつ》もどっかに行くはずだ！

私はパウルを連れて、お姉ちゃんと合流。

パウルが応接室の扉を開けると、そこには知らない男女がいた。

誰だろう？

お姉ちゃんに続いて入室し、男女がガシェ王国式の礼をしているのを見て、身分が低い方なのだとわかった。

お姉ちゃんがソファーに座り、その隣に私も座るよう言われる。

それから、お姉ちゃんが男女に着席を促し、シェルがお茶を持ってきた。

「ご拝顔を賜りまして、誠に嬉しく存じます」

ご丁寧に挨拶してくれた二人は、ライナス帝国に住むオスフェ家の使用人らしい。

男性の方は曾祖父ちゃんの代に、女性の方は高祖父の代に仕えていた使用人の子孫なんだとか。

オスフェ家に忠誠を誓っているからと、世代が変わっても当主の命に従い、異国の地で主に諜報活動を行っているんだって。

パパンの命令であっちこっちに飛ばされる使用人たちがいるとは聞いていたし、長期にわたる活動をしている使用人もいるのは知っていたけど……何世代も続いていたとは！

「それで、本日はわたくしどもの婚姻のお許しをいただきたく……」

「パウルから事情は聞いているわ。正直に答えてちょうだい。我が家の都合を押しつけられているということはなくて？」

我が家の使用人はとにかく多い。

たぶん、パパンとマージェスくらいしか、正しい人数を把握していないんじゃないかな？

なので、使用人同士が結婚して、その子供も使用人になるというパターンがよくある。

その一番はパウルのお家のダスニー家。オスフェ家の初代がパウルのご先祖様を気に入って、爵位を与えたり、代主にしようとしたら、いつの間にか家令になってたそうだ。それから代々仕えてくれている。

あとは、オスフェ家の料理長ヨーダと侍女頭リィヤ夫婦。成人した息子が二人いて、どちらもパパンにこき使われているって言ってた。

「そのようなことはけっしてございません！　主家には、特にネフェルティマお嬢様には感謝しております」

「……私⁉」

え、何かしたっけ？

いや、お二人とも初めましてだし、何もしていないはず……。

「ふふっ。お二人の出会いをお聞きしたいわ。ね、ネマ」

わけのわからないまま、はいと返事をする。

そして、お二人の出会いを聞いていくうちに、なぜ私が関わってくるのか理解した。

稲穂のせいかー‼

稲穂、お外は危険がいっぱいだから出ちゃダメって言ったのに……。

男性が宮殿内で稲穂を見かけ、騒ぎになる前に私のもとへ帰そうと稲穂を捜索中に女性と出会ったらしい。

女性の方は、嫌なことがあって使われていない部屋で泣いていたら、そこに稲穂が逃げ込んできたそうだ。

突然のキュウビに困惑する女性。稲穂は泣いている女性に気づき、慰めた。

そこに、稲穂を探していた男性が現れ、あれよあれよととんとん拍子に話が進み、結婚することになったと。

私の知らないところで、稲穂が恋のキューピッド役をしていたとは‼

「お二人が幸せになれるのであれば、わたくしは異存なくてよ。お父様にも口添えしておきましょう」

お姉ちゃんは凄く満足げな顔で言った。

気持ちはわかる。幸せそうな二人を見て、こっちも幸せな気分になるよね。

「ありがとうございます」

二人はとても嬉しそうに微笑んでいる。

そうだ！

パウルに耳打ちして、あるお願いをした。

「畏《かしこ》まりました」

パウルは応接室を出ていったが、すぐに戻ってきた。その腕には稲穂がいて……。

「稲穂、おいで」

私が声をかけると、稲穂はパウルの腕から飛び降りて、ぴょんぴょんと飛び跳ねながら私の膝の上へ。

「このおねえさんのこと覚えてる？」

「きゅぅ？」

稲穂は首を傾げたあと、鼻をヒクヒクさせて、少しの時間動かなくなった。

「きゅっ！　きゅっ！　きゅぅぅんきゅっ！」

突然、激しく尻尾を振り、元気よく鳴き始める。

においで思い出したのかな？

「おねえさん、結婚するんだって。稲穂もお祝いしてあげようね」

「きゅぅん？」

結婚は理解できなかったか……。

「うーんと、このおにいさんとおねえさんは番《つがい》になるの」

すると、稲穂は私の膝の上からお姉さんの方へ飛び移り、さらにはお兄さんをしつこく嗅ぎ回った。

二人も稲穂の行動に困惑している。

「きゅっ‼」

と短く一鳴きして、私のところへ戻ってきた。

稲穂は心なしか誇らしげな様子。

たぶん、お姉さんのお相手として、お兄さんは合格！　とでも言いたいのだろう。

あとで森鬼に聞いてみるけど、合っているはず。

「稲穂もお二人はお似合いだって言っています。お幸せになってくださいね」

◆　◆　◆

お二人が帰ったあと、私はどうして稲穂にお外へ行ったのか問いただした。

「スピカが連れていってくれたそうだ」

通訳してくれた森鬼の言葉に、私は頭を抱える。

キュウビが現れた！　って大騒ぎにならなくてよかった。

しかし、なぜスピカは稲穂を外に連れ出したんだろう？

キュウビが魔物で、多くの人に恐れられる存在であることは、スピカも理解している。パウルに黙って外に出したとしても、トラブルがあったのなら報告するはずだ。

もしかして……本当に全部黙っていた？

だとしたら、スピカがビクビクしていた原因はこれか‼

詳しく話を聞かなければならないので、パウルとスピカを呼び出す。

「スピカ、稲穂がお外に出たときに、先ほどのお客様に会ったそうなの。何があったのかお話しできる？」

まずはスピカから状況を聞こうと、説明を求めた。

「……はい。あの日はパウルさんの指示で宮殿内の噂を集めるようにと。だけど、部屋には私しか残っていなくて、置いていくのもかわいそうだからイナホを連れていきました」

普段なら、森鬼がお昼寝していたり、海がぼーっと寛いでいたりするけど、その日はみんなお出かけしちゃったのか。

確かに、稲穂だけでお留守番は心配だね。

「中庭に、人目につきにくい場所があると、ある獣人に教えてもらったので、そこならイナホも少しは遊べるかもと……」

そんな場所があったのか……。

だけど、そういう場所ほど監視されてたりするんだよなぁ。サボりチェック的な感じで。

そこではしゃぎすぎた稲穂が暴走したら、捕まえるのは難しいよね。

「うっかり人に襲われまして……驚いたイナホが逃げてしまったんです」

「……んんん⁇」

スピカ、今、なんて言った？

うっかり襲われた？　……うっかりとは⁇

予想外の言葉に混乱していると、パウルがさらに詳しく話してくれた。

今、ライナス帝国のあちらこちらで、獣人が襲われる事件が多発しているらしい。

獣人の身体能力が高いこともあって、酷い怪我をしたとかはないそうだ。

だけど、それが宮殿内で起きるのは大問題では!?

「スピカを襲った者はすでに捕らえられております。水面下で捜査が行われているようですが、今のところ大きな動きはございません」

捜査状況を把握しているパウル。

「パウルはこのこと、いつ知ったの？」

「戻ってすぐに」

それなのに、ここまで把握しているってことは、軍部にもうちの使用人がいたりする？

いや、それよりもだ。スピカが襲われた理由は、本当に獣人だからなの？　私と親しいから狙われたのでないと言い切れるのか……。

「スピカをおそった者はパウルの方でも監視してる？」

「もちろんです」

それなら、まぁ安心かな。

「稲穂。怖かったのに、私との約束守ってえらいね！」

魔物っ子たちには、私に害がおよぶとき以外、人間への攻撃をしないと約束させている。

まだ幼体の稲穂にとって、自分よりも大きな生き物に襲われるのはとても怖かったはずだ。

それなのに攻撃せず、逃げることに徹した。

「きゅんっ！」

いい子いい子と稲穂をいっぱい褒めたら、お礼のつもりなのか、顔中を舐め回される。

なんとか稲穂を落ち着かせると、今度はパウルに押さえつけられて顔を拭かれた。

顔くらい自分で拭けるのに……。

「それで、スピカはそのことをずっとないしょにしていたの？」

スピカは黙ったまま俯く。

「スピカ、約束したでしょう？　いっしょに謝るって」

普段は素直なスピカが、こうも頑なに言わないのは何か理由があるのだろう。それは、パウルが怖いから、ではないはず。

「……パウルさんに申し訳なくて……」

パウルが怖いじゃなくて、パウルに申し訳ないとな⁉

「ネマ様をお守りできるよう、あんなに鍛えてもらったのに、簡単に人に襲われて……イナホまで……」

なるほど。人に襲われたことが、パウルに顔向けできないくらいの大失態だと思っているのか。

失敗であれば、パウルもそこまで口うるさく言わない。

スピカはコボルトの群れで育った獣人だから、そこで培われた社会性は人間社会のものと異なる。それは一朝一夕で直るものではなく、その都度、注意していく方針を取っている。

だから、スピカも素直に報告できた。

今回の件は、スピカにとって面目を損なう失敗。つまり、失態だったから報告できずに黙っていたと。

それを聞いたパウルは、一つため息を吐く。

「ネマお嬢様、少々わたくしめの言葉が乱れると思いますが、よろしいでしょうか？」

そう私に断りを入れてきた。

大魔王降臨かと戦々恐々し、さらに否とは言えない空気なので承諾してしまう。

私はスピカの手をぎゅっと握った。

「スピカ、自分がオスフェ家の使用人だという自覚を持て。ネマお嬢様をお守りするのに、お前の矜持が邪魔になるなら捨てろ」

あまりの冷たさに、体が竦《すく》む。

「絶望を味わいたくなければ、自分が強いなどと過信するな」

その言葉に、もしかしてと思った。パウル、まだあのことを気にしているのかなって。

私が誘拐され、ソルの力を暴走させた結果、二年も眠り続けることになった。

私に付き添っていたパウルが、守り切れなかったと後悔していたのは知っている。そのことで謝罪もされたしね。

教訓として忘れないようにしているならいいけど、心の傷として残り、まだ癒えていないのなら問題だ。

「パウルは、あのときに絶望を感じたの？」

「あの頃は、何が起きてもお嬢様方をお守りできると思っておりました。己を過信した結果があれです」

どちらなのか見極めようと、私はパウルをじっと見つめる。

「ネマお嬢様の呼吸を確かめるたび、安堵しては後悔を繰り返していました。我々はただ、お嬢様方に健やかにお過ごしいただきたいだけなのです」

パウルに感情の揺らぎは見えなかった。ただ、固い決意があるだけ。

我が家の使用人たちの献身には、本当に頭が下がる思いだ。

「みんなのおかげで、私もおねえ様も何不自由なく暮らしているわ。パウルたちが危険を遠ざけてくれているのも知っている。いつもありがとう！」

お礼を言うだけでは足りないと、私はパウルに抱きついて全身全霊で感謝を伝える。

「パウル、大好きよ！　ずっと側にいてね」

「ネマお嬢様が不要だと仰られても、お側におります」

無理なお願いだとわかっている。

家令のマージェスが引退すれば、パウルがその跡を継ぎ、私たちの専属ではなくなる。

結婚しても、婚家に連れていける使用人は厳選された数名だけだと聞く。その中に、パウルが加わることはない。

「あのようなことがまた起きれば、スピカ、お前も死にたくなるような絶望を抱くだろう。弱いことを恥じている暇があるなら強くなれ。私たちは己を顧《かえり》み、強くなろうと努力する者を嗤《わら》うことはしない」

「うぅ……パウルさぁん、ごめんなざいぃぃ……」

パウルの厳しさが、自分のような思いをさせたくないという優しさからくるものだと理解したのか、号泣しながら謝るスピカ。

「もっどづよぐなりばず！」

涙が止まらないスピカの顔を拭いていたら、鼻声で宣言された。

スピカを落ち着かせるために、たくさんスキンシップをした。そして、お茶とお菓子を用意して一息入れる。

目を真っ赤にしているスピカだけど、今は尻尾を振りながらお菓子を頬張っていた。

「でも、なんで獣人がおそわれる事件が増えているのかな？」

元の流れに戻せそうなので、私はそもそもの疑問を口にする。

「おそらくですが、難民が増えたことによる一時的なものと思われます」

パウルが言うには、イクゥ国や小国家群からやってきた難民は獣人が多いそうだ。

そんな彼らが職を得るのに時間がかかり、生きるために無茶をし、治安が悪化。

その状況をよく思わない帝国民の一部が、難民の獣人を敵視して、暴挙に出たと。

それが人伝に伝わっていき、各地で見られるようになったのではないか。

話を聞き終えて、あることが思い浮かんだ。

「ねぇ、獣人をおそっている人、若い人が多かったりしない？」

「年齢までは把握しておりませんが、スピカを襲った者でしたら、二十そこらの青年です」

副音声で、成人したばかりの子供めっ！　的な声が聞こえる気がする。

パウルは歳のわりに老獪《ろうかい》なので、同世代の人でも子供っぽく感じるのかもしれない。

「ひょっとしたら、若者の間で、度胸試しとしてはやっているのかも……」

日本でも昔、オヤジ狩りとか流行った時代があったし、こっちの世界でも要因が揃えばゲーム感覚で流行りそうだなぁって。

「戦闘職でない限り、殺される危険も高いですが？」

「人は時として危険を求めるものよ！」

パウルはそんな馬鹿な人間がいるのかと半信半疑な様子だったが、スリルを求める心理を語ったら納得してくれた。

地球ではお手軽にスリルを体感できるが、こちらの世界ではなかなかそうもいかない。

ジェットコースターもホラー映画もないからな！

だから、身体能力の高い獣人を襲って、反撃されないうちに逃げるというスリルに気づいた人が広めたのかも。

成功したら、お前凄いな！　って仲間からもてはやされるのも気持ちいいだろうしね。

「ネマお嬢様が変な遊びを思いつく理由がわかりました」

「そんなに変な遊びはしてないよ？」

しいて言うなら、ウォータースライダーくらいじゃない？

あとは普通に鬼ごっことかちゃんばらごっことか、こっちの世界でもある遊びばかりだよ。

「聖獣様が側にいらっしゃっても、地面に足がつかない遊びは絶対に駄目ですよ。そんな遊びをしたら即、奥様とラルフ様に報告しますので」

ママンとお兄ちゃんにチクるとは卑怯な‼

くそぅ……ディーが来たら、背中に乗っけて空飛んでもらおうと思ってたのにぃぃぃ！

10 宮殿で宝を探すぞ！

やって参りました！　宝探しゲームの日‼

「ちょっとネマッ‼　なんなのよこれはっ‼」

「今日はこの衣装が絶対ですっ！」

「あ……足を出すなんて……淑女としてあるまじき行為だわっ！」

そんなことありませーん。

ちゃんとそこら辺も調べて作ってもらったもの！

ライナス帝国の文化では、十二歳以下の婚約者がいない女子は踝《くるぶし》上を見せても問題ないって。

まぁ、大人と同じ露出を控えるべし！　って風潮はあるけど。

なので、半ズボンではなく七分丈のズボンにした。

あとは靴下も作ってもらったので、ほぼ肌の露出はないと言っていい。残念だ……。

「はい、帽子かぶって完成！　うんうん、かわいい！」

思った通り、二人とも凄くよく似合ってて可愛い！

ウエストポーチには冒険の必須アイテムをいくつか入れており、水筒も持った。

「準備はよろしいですね。こちらが地図になります」

パウルが地図を広げて見せてくれる。

「捜索できる場所は、東翼の二階と三階。そして、大庭園の一部です」

地図というよりは、宮殿の間取り図だな。

「この塗り潰してある場所は部屋？」

その間取り図に、二ヶ所ほど真っ黒に塗られている部分がある。

「そちらは立ち入り禁止です。理由はテオヴァール殿下の趣味のお部屋だからです」

パウルの説明に、ダオがあぁと妙に納得した声を出した。

「テオ兄上、変な武器をいっぱい保管している部屋を持っているんだって」

「変な武器？」

「形が変だったり、使い方が変だったり、とにかく変なんだって」

そんな面白そうな部屋が！

「あ、ネマ、だめだよ。その部屋はテオ兄上がいないと扉が開かないようになっているから」

ダオにもわかるくらい、私が何かやらかしそうな顔をしていたのだろう。

でも、変な武器ってちょっと……いや、かなり気になるよね！

「じゃあ、今度テオ様にお願いしてみる！」

「話が逸れているわよ、ネマ」

マーリエに言われたので、私はごめんと謝ってからパウルの説明を聞く。

「この範囲内に宝物がある場所の手がかりを隠しました」

「もしかして、これも手がかりかな？」

ダオが間取り図の片隅に書かれている文章を指差す。

「はい。最初の手がかりが『女神が示す方を見よ』です」

「じゃあ、早速行ってみよー‼」

意気揚々と出発しようとしたら、パウルに止められた……。出鼻をくじかないでよ！

「ウルクとイナホをお連れください」

ウルクは陛下からの下知がされたようだけど、稲穂も？

困惑しながら、稲穂のショルダーバッグを用意しようとしたら、それはいらないと言われた。

「でも……」

「大丈夫です。それと、スピカは再教育で、シンキには補佐をしてもらいますので同行できません」

宮殿の人たちがびっくりするだろうし、キュウビが出たって大騒ぎになりそう。

「あ、うん。ほどほどにね」

パウル一人でも厄介なのに、森鬼も加わるとは。スピカ、生きて帰ってくるんだよ！

というわけで、今日は魔物っ子たちとウルクと海が護衛としてついてきてくれることになった。

ダオのところはお馴染みの隊長さんと顔見知りの隊員さん。

マーリエにはお世話係の侍女が同行することに。

「異様な光景なのに、受け入れられる自分が信じられないわ……」

星伍と陸星が先頭を行き、ぞろぞろと歩く私たち一行を見て、マーリエが呟いた。

「貴女も、怖かったら距離を取っても大丈夫よ？」

マーリエはそう言って、侍女への気配りも忘れない。

やっぱり、襲われないとわかっていても、ムシュフシュとキュウビがいたら怖いよね。

尻尾の先にスライムをくっつけているウルクと、はしゃいで星伍と陸星にちょっかいを出しまくる稲穂を見る。

怖い……かな??

「大丈夫です！」

私も侍女さんが怖がっていたらと思ったけど、意外と元気な声が返ってきた。

同僚たちに自慢できるって、逆に喜んでいるのはびっくりだけど。

「それで、ネマは手がかりについて何かわかったの？」

ダオの質問に、私はもちろんと自信満々に返す。

「女神様の絵が飾られている部屋があるのよ！」

「そういえば……」

ダオも覚えがあるのだろう。ただ、どの部屋だったのかは忘れちゃったのかな？

その絵がある部屋に到着すると、ダオは思い出したと手を叩いた。

「大叔母様が使っていた部屋だよ」

確か、先帝様には妹君がお二人いたそうだから、元皇女様のお部屋だったってことか。

ちなみに、その二人の元皇女様は先々代の皇帝が崩御されたときに、皇族から抜けられている。

ダオが生まれるずっと前のことなので、大叔母さんたちには数回しか会ったことがないらしい。

「それで、女神が示す方って……」

壁に飾ってある女神様の絵は、片方の手は何かを指差し、反対側の手には錫杖《しゃくじょう》っぽいものを持っている。

女神様を描いた絵は、世界を持っていたり、死者の魂を導いたりするものが多いので、これはちょっと珍しいな。女神様の顔もちょっと違和感あるし。

「題名が……神罰って……」

この指の先に、神罰を受けている誰かがいるってことだよね？　ちょっと怖い絵だなぁ。

「この先って……本棚？」

女神様の指差す先には、お洒落な本棚があった。

女性が好みそうなデザインで、飾り棚も兼ねているのか、年代を感じる骨董品も飾られている。

「とりあえず調べてみよう！」

その本棚、特に飾られていた骨董品は丁寧に調べてみたけど何も出てこない。

「うーん……マーリエ、女神様の前で同じ格好をしてみて」

「同じ格好？　……こう？」

絵の前で、マーリエが本棚の方を指差す。

私は絵と見比べながら、立つ位置や腕の角度を修正。

「じゃあ、ダオはこのマーリエの前から真っ直ぐ本棚に向かって歩いて」

ダオは不思議そうな顔をしつつ、言われた通りにしてくれた。

まるで線の上を歩いているように、真っ直ぐ歩くダオ。

本棚の前に到着し、どうするのか聞いてきた。

「ダオの視線より上の段に、女神様に関係する本がないかな？」

「えーっと……あ、これかな？　『女神に愛された娘は本当の愛を知る』っていう題だけど」

女神様に愛された娘って、大聖女様のことだよね。

まずはその本を見てみることにしたんだけど……。

「マーリエが好きそうな本だね」

「そ、そうね……」

冒頭を読んだダオの言葉に、私は思わずマーリエを見た。

「何よ？」

「恋愛ものなんて読むの!?」

「失礼ね！　読むわよ！　昔の名作から最近の流行りものまで読んでいたら悪い？」

マーリエの新たな一面を知ってしまった。

そうかそうか。恋愛ものが好きなのか。

「じゃあ、今度私のおすすめ教えるから、マーリエのおすすめも教えてね！」

「わたくしからしたら、ネマが恋愛の物語を読んでいることが驚きなのだけど……」

確かに、私が読んでいる本は冒険ものや歴史・時代ものが多いけど、中には恋愛が絡んでくる話もそこそこある。

特に歴史ものなんて、泥沼な人間模様だったりするから面白い。

「マーリエ、ネマ！　次の手がかりがあったよ！」

私とマーリエがおしゃべりをしている間に、ダオが本の中からメモ紙を発見した。

「なになに……『ライナーシュの花、ライナスの顔、一人だけが知っている』？」

メモを読みあげると、一つ目の手がかりよりも意味がわからないことが書かれていた。

ライナーシュはライナスの語源であり、一夜にして消え去ったという伝説の花だ。

フィリップおじさんが聖獣から預かったと、アリさんがいる山から持ってきて、今は繁殖のために厳重に管理されてる。

「ライナーシュの花はわかるけど、ライナスの顔ってなんだろう？」

「女神が絵画のことだったから、これも絵の題名じゃないかしら？」

マーリエはそう言うが、マーリエ自身もそんな題名の絵には心当たりがないそうだ。

「もしかしたらこれ、金貨のことじゃないかな？」

ダオの発言に、私とマーリエはあっと声を揃えた。

確かに、金貨の表には製造されたときの皇帝陛下の横顔、裏には国花であるライナーシュの花が刻まれている。

「金貨だとしても『一人だけが知っている』の部分がわからないんだ……」

「……わたくし、わかったかも！　ついてきて！」

マーリエが部屋から飛び出していった。私たちも慌ててあとを追う。

マーリエが目指したのは、なんと！　マーリエ父の部屋だった！

扉の前で、何度も深呼吸して気持ちを落ち着かせようとしているマーリエ。

きっと、心の中で迷惑じゃないかとか、いろいろ考えているのだろう。

二人の親子関係はだいぶ改善したとはいえ、まだ自分から行動を起こすのは緊張するよね。

「マーリエ、大丈夫だよ」

「……うん」

私が励ますと、マーリエは意を決して扉を叩く。

「あの……お父様はいらっしゃいますか？」

扉を開けたのはマーリエ父の侍従さんで、中でお待ちをと通してくれた。

「マーリエ、それにダオとネフェルティマ嬢もよく来てくれた。そちらが噂のムシュフシュとキュウビか……」

ウルクは下知があったので噂になっていてもおかしくないけど、稲穂まで何か噂されているの？

「ミルマ国で仲良くなったウルクと、稲穂はへいかとヘリオス領を見にいった途中で仲間になったんです」

「あぁ、あのときの」

マーリエ父がちょっと遠い目をする。

あのときは陛下だけでなく、ルイさんとテオさんも同行したから、宮殿に残っていたマーリエ父が大変だったとあとから聞いた。

その大変だったことを思い出しちゃったのかも。

「それで、今日はみんなで宝探しをしてて……」

最初の手がかりから次の手がかりを見つけ、マーリエが何か心当たりがあるようなので来たと説明する。

「セリューから話は聞いている。好きに探すといい」

マーリエ父は快く承諾してくれた。

家主がいないのも困るが、いる前で家探しっていうのもやりづらい……。うっかり高いものを壊したりしたら……恐ろしい！

「あの……お父様が集めている金貨を見たいのですが」

「いいよ。こっちへおいで」

マーリエ父は別室へ案内してくれたんだけど、これまたその部屋が凄かった。

部屋の壁一面にたくさんの絵画が飾ってあり、博物館などで見かける平面のショーケースがいくつも設置されている。

「私が個人的に蒐集している、歴代皇帝に関するものを保管している部屋だ」

「個人的に？」

歴代皇帝のものを皇族が集めているのが不思議だ。

「あぁ。ほとんどのものは、当時を知る資料として、展示されていたり、厳重に保管されている。ここにあるのは、趣味で描いた絵や自作の魔道具といった……本来であれば見られたくないと思われるものが多い」

凄く言葉を選んだようだが、まぁ理解はできた。

言うなれば、ご先祖様の名誉のためにも、世に出さない方がいいものってことだよね？

もし、私の下手な絵が子孫によって公開されたりしたら……恥ずかしすぎて死ねる！

「金貨はこっちだ」

部屋の中央にある一番大きなショーケースを覗くと、ずらりと並ぶ金貨が！

「凄い！　これ！　ロスラン皇帝時代の金貨だ！」

ダオが興奮して指差す先には、ショーケースの中なのに、ケースに入れられた金貨があった。

「へぇー。そんな古いものが残ってるってすごいねー」

本当はダメなんだろうけど、ショーケースに張りついて金貨を眺める。

「でも、これは横顔じゃないんだ」

他の金貨と比べるとサイズが少し小さい。裏面はデザインこそ違うが、ライナーシュの花なのは今と同じだ。

違うのは表面。他のは全部横顔なのに、これだけ何かの紋章が描かれている。

この絵柄、どこかで見たことあるような？

「ロスラン陛下は肖像画すら描かせなかったくらい、自分の姿を残すことを酷く嫌がったので、金貨には彼が使用していた紋章を用いたそうだ」

　気持ちはわからんでもない。

　写真なら現実として受け止められるが、絵だと美化しすぎじゃね？　といつも思ってしまう。

「ライナス帝国の国章とも違うのね」

　マーリエがそう呟くと、マーリエ父は金貨が見えるようにと彼女を抱き上げ、紋章のことを教えてくれた。

「ロスラン陛下の手記に、自分だけがこの紋章を使う資格があると書かれている。その資格がどういうものなのかは解明されていない」

　紋章を使う資格？

　普通は、家の紋章だったり、所属している組織の紋章だよね。

　ロスランって、何か秘密組織の生き残りだったりして……。

　それはそれでロマンがあるな‼

「あ、あったわ！　手がかりに書いてあった『一人だけが知っている』ってこの金貨のことじゃない？」

　そこには十三代皇帝ペールドゥと記された金貨があった。

「前に、お父様が話してくれたことがあったでしょう？　一人だけ顔の向きが違う金貨があるって」

「よく覚えていたな」

マーリエ父にとっては世間話的な感じだったのかもしれないけど、娘が些細な会話を覚えていてくれたのが嬉しかったみたい。

自然な感じでマーリエの頭を撫でている。

娘のマーリエからしたら、父親が好きなことだから覚えていたと思うけどね。

「じゃあ、この金貨の顔が向いている先に、次の手がかりがある？」

ダオが金貨の顔と同じ方向を向く。

私もそっちを見てみるが、平面のショーケースと壁の絵しかない。

さっきは本棚だったから、今度はショーケースに隠してあるのかと探しても見つからず。

じゃあ、絵の題名かと、その並びの絵を調べてもヒントっぽい題名のものはなかった。

「トゥーエン様、この部屋に隠し扉とかありませんか？」

「さすがにこの部屋にはないな」

別の部屋ならあるんだ！

ちょっとワクワクしてしまったが、気を引き締めて、手がかりの捜査に当たる。

「ペールドゥ皇帝の金貨のことではなかったのかしら？」

「ライナスの顔とライナーシュの花の条件がそろっているから、金貨であっていると思う」

マーリエがしょんぼりしてしまったので、金貨で間違いないと太鼓判を押す。

「トゥーエン伯父上、ペールドゥ皇帝のお名前の意味をご存じですか？」

「ペールドゥはマカルタ語で『路《みち》』という意味だ」

マーリエ父の答えを聞いたダオは、真剣な表情で考え込み始めた。

ちなみに、私はマカルタ語と聞いてもラーシア語の原型とされる古語としかわからないし、路と言われても何も閃かない。

待てよ……やっぱり顔が向いている方に隠し通路があったりして！

それか、大庭園に行く道っていう可能性も……。

「大庭園に次の手がかりがあるかもしれない」

「私もそう思った！　とにかく行ってみよう！」

意見が一致したので、マーリエ父にお礼を言って、大庭園へ向かうことにする。

「気をつけて遊ぶんだぞ」

「はい。お父様、ありがとうございます」

廊下まで見送りにきてくれたマーリエ父に手を振って別れる。

少しでも父親と過ごせて、マーリエも嬉しそうだ。

「建物から大庭園に行く道の途中にあると思うんだけど、ダオは何か気づいた？」

「僕は水路だと思ったんだ。皇帝はみんな水の聖獣の契約者だから、水と深い関わりがあるでしょう？」

ふむ。言われてみれば、歴代の皇帝はザ・水属性って感じだわ。

大庭園の中央には大きな噴水があり、そこからいくつも水路が引かれている。

今回、範囲に指定された大庭園の一部は端っこの方で、細い水路が一本流れていたはず。

「あんまり大庭園で遊ばないからちょっと新鮮」

まぁ、大庭園は綺麗すぎて、遊び場とするには気が引ける。

いつも遊んでいる庭は宮殿東翼の裏側にあたり、子供がいろいろと遊べるようにと先帝様と皇太后様が整えた庭だそうだ。

だから余計なものがなくて、走り回れるようになっている。

「あ、あの水路かな？」

大庭園の端っこまでくると、細い水路があるのがかろうじてわかった。

「これは水路と言っていいの？」

大庭園の中央部の水路とはかなり趣《おもむき》が違うため、マーリエは不思議そうに見ている。

「水が少しでも流れているんだから、水路でいいんじゃないかな？　私は風流で好きよ」

あえての演出だと思うが、水路のほとんどが苔に覆われていて、苔玉を避けるように蛇行しながら細い水が流れていた。

水路だけなら、日本庭園みたいな静謐《せいひつ》な美しさを感じる。

「とりあえず、水路をたどってみよう」

ダオに続いて、水路の横を歩いてみる。

特にこれといったものは……あったわ！

「ねぇ、あの石変じゃない？」

水路の中にぽつんとある石。周りから凄く浮いている。

苔が付着していないし、置かれた時期が新しいのだとわかった。

「本当だ。あれ？　先にも同じような石があるみたいだよ？」

ダオが駆けていき、見つけた石の場所でほらっ！　と大きな声をあげる。

水路をそのまま捜索したところ、合計六つの怪しい石を見つけた。

私はしゃがんでその石を取ろうとしたところで、あることに気がつく。

水路の縁《ふち》に手を置いて体を支えないと、石に手が届かない。でも、縁に手を置くと苔を潰してしまう。

せっかく青々と育っている苔を傷めてしまうのは忍びないので、私は水路を跨いで真上から取る方法に変えた。

「ネマ！　やめなさい！」

水路を跨いだ瞬間、マーリエに引き戻されてしまった。

「危ないし、なんと言ってもはしたないでしょう‼　令嬢がおお……足を広げるなんて……」

顔を真っ赤にしながら怒っているのかと思ったら、うっかり下品な言葉を使いそうになって恥ずかしいらしい。

「え、これくらい……」

「だめよ！　殿方の目もあるのだから」

ダオも警衛隊のみんなもマーリエの肩を持つので、真上から取る方法は諦めるしかなさそうだ。

「それに、石を取る前に、場所に印をつけておいた方がいいと思う。もし、この石が手がかりではなかったら、元に戻さないといけないし」

あ、そうか。手がかりじゃなかったら、庭師があえて置いたってことだもんね。

うーん、どうやって庭を傷つけずに印をつけるのか？

「ひらめいた！　星伍、おいで！」

星伍を呼び寄せて、私だけ水路を渡る。そして、私、石、星伍の鼻先が直線上になるよう調整。

「星伍、伏せ。そのまま待て！」

次の石の場所でも同じように陸星を待機させ、白、グラーティア、ノックス、稲穂と魔物っ子たちを目印にした。

「動いちゃダメだからねー！　じゃあ、海。石を全部水で取ってくれる？」

「……わかった」

海はちょっと眠たそうだ。

この大庭園の端っこはこの時間日陰だし、ポカポカ陽気と水のせせらぎでお昼寝には最高のロケーションだもんね！　ねっ転がりたいの我慢しているんだろうなぁ。

海が水路の水を操り、石を地面へと運ぶ。

早速石を観察するが、本当に普通の石だ。

「これだけ軽い？」

しかし、一つだけ明らかに軽い石があった。見た目は他の石と似ているけど、成分が違うのかな？

手の上でちょっと転がしてみる。

ダオとマーリエにも順番に回した。

「あら？　これ、中が空洞みたいよ？」

「なんでわかったの？」

「わたくしが土属性持ちだってこと言わなかった？」

聞いたっけ？

私が魔力極小すぎて、魔法の話をあまりしないから、たぶん聞いてないんじゃないかなぁ？

ダオが風属性持ちなのは知っているけど。

「土の魔法で中がわかったってこと？」

「これくらいなら、持っただけでわかるわよ」

そうなのか。土魔法は奥が深い。

中が空洞なら、何か入っていたりするかもしれない。

そう思って、耳の近くで石を振ってみたけど、変わった音は聞こえなかった。

「仕方ない。石を割ろう！」

うさぎさんリュックから短剣を出して、鞘を外そうとしたら隊長さんに止められた。

「小さいものを壊すのは技量が必要です。ここは、マーリエ姫様のお力をお借りした方がよろしいかと……」

むぅ。でもまぁ……目標からズレて自分の足を刺す可能性はわずかだけどある。隊長さんの忠告は素直に受け入れるべきだな。

「わかりました。マーリエ、お願いしてもいい？」

「いいわよ。でも、この貸しは高いから」

私が借りるのやめようかと思う間もなく、マーリエは魔法を放つ。

『砕石』

その瞬間、マーリエの手の中にあった石が、八つに割れた。

石の中にはメモ紙が入っていた。それをダオが取り、読みあげる。

「手がかり、あったわね」

「『すべてが繋がる場所』だって」

すべてが繋がるねぇ。これまた抽象的な……。

「今までの手がかりや答えが繋がるってこと？」

女神様、大聖女、ライナスの顔、ライナーシュの花、金貨、ペールドゥ皇帝、水路……今までの手がかりと答えを思い浮かべても関連性は見つけられない。

「ライナス帝国の歴史とか？」

ライナス帝国の歴史は長すぎるので、私は広く浅くしか勉強してない。直近五代の皇帝を覚えていれば困らないしね。

「ライナスで聖女と言えば、ザイシウェルの聖女リリーだけど、ペールドゥ皇帝の時代じゃないんだ」

あぁ、大聖女のあとの女神様のお気に入り！

じゃあ、やっぱり関連性はないのかな？　だとすると、何を繋げればいいんだ⁉

「むぅぅ！　むぅぅ！　むぅぅ！」

私たちがうんうん頭を悩ませていると、なんとも気の抜ける鳴き声が。

鳴き声の正体はわかっているけど、突然どうしたのかと視線をやる。

すると、ウルクが尻尾を緩急つけて動かしていた。その動きに合わせて、紫紺が楽しそうに鳴いている。ウルクは、退屈した紫紺をあやしてくれているようだ。

退屈していたのは紫紺だけでなく、待機を解かれた魔物っ子たちは元気に遊び始めた。

星伍の尻尾を追いかける陸星、陸星の尻尾を追いかける稲穂。なんだか電車ごっこをしているようにも見える。

今度、線路として縄梯子を用意してあげようかな？

それとも、ムカデじゃんけん……って、魔物っ子たちはじゃんけんできないや。

待てよ。スライムたちなら、どんじゃんけんをアレンジしたらやれるのでは？

線の上を…………。

「あぁぁぁーー‼」

「びっくりしたー」

私が急に大声を出したもんだから、何事かとみんなの視線が集まった。

「あの地図に線を引くんだよ！」

地図というか間取り図だけど、手がかりがあった全部の場所を線で繋いで、線が重なった場所に宝物があるんじゃないかな？

そう説明すると、二人も理解してくれた。

「でも、ここでは線を引けないわ。移動しましょ」

ひとまず、一番近くの東屋《あずまや》に行って、地図を広げる。

筆記用具はあるんだけど、定規がない。

真っ直ぐな線が引けるもの……と考えていたけど、この地図自体で定規の代用にできるじゃん！

私はまず、女神様の絵があった部屋とマーリエ父の部屋が一直線になるように折る。ちょっと折りづらいな。

この折れ目が線代わりにもなるので、しっかりと折って跡をつけた。

次は、マーリエ父の部屋と水路に石があった場所。こちらは大まかになっちゃうけど、なんとかなるだろう。

そして、石の場所と女神様の絵の部屋。

三本の線が入ったわけだが……。

できあがったのは歪な三角形だった。

「ネマ、すべてってことは、この地図をもらった場所。ネマの部屋も入れないといけないんじゃないかな？」

「なるほど！」

ダオに指摘されるまで、スタート地点である自分の部屋のことは失念していた。

「じゃあ、私の部屋がここだから……」

私の部屋を他の三ヶ所と繋ぐと、これまた変な形の四角形になった。

でも、四角形になったことで対角線ができ、それが交差する場所が判明する。

「ここは……」

「え……ここに行っていいの？」

ダオもマーリエも困惑する場所だった。

◆　◆　◆

宝物がある場所までやってきたものの、やっぱり躊躇する。

「ネマがやって」

「わたくしも無理」

と、二人に押し出されるように扉の前に立つ。

女は度胸じゃー‼　っと気合いを入れて、その扉を叩いた。

微かな音を立てて開いた扉の向こうには……満面の笑みを浮かべたルイさん。

「……ルイ様かぁ……」

かなりドキドキしていたこともあって気が抜けた。

「待ってたよ。さぁさぁ、中に入って」

おそるおそる部屋に入り、案内された先には陛下と皇后様の姿が。

そう。対角線が交わった場所は、陛下の私室。

執務室の方にはよくお呼ばれするけど、私室はさすがにね……。

「三人ともよく頑張ったね。宝物はここだよ」

テーブルにドンッと置いてある箱。装飾も派手なため、高価なもの入ってますオーラを放っている。

「開けてごらんなさい」

皇后様にも促され、私たちは三人で箱の蓋を開けた。

「うわぁ‼」

「とても綺麗！」

私とマーリエは思わず感嘆の声をこぼす。

箱の中には、色とりどりのケーキが入っていたのだ！

旬の果物を使ったもの、希少なチョコもどきを使ったもの、あとはお祝いのときにしか食べられない特別なケーキまで！

「これ、ライナス帝国の祝いの宴でしか食べることができないって……」

なので、私もまだ食べたことなかったんだ。次の祝いの宴は陛下の誕生日だから、それまでの辛抱だと思っていたのに！

「これくらいでないと、宝物にならないだろう?」

「ありがとうございます!」

宝物は三人で分けられるものって条件をつけていたので、食べ物になるとは予想していたけど、これは予想外すぎて興奮する‼

「お茶を用意させるから、あなたたちも座って?」

皇后様が目配せをすると、侍女たちがテキパキとお茶を注いだり、ケーキを取り分けてくれた。

「それで、宝探しは面白かったかい?」

私はケーキを食べるのに忙しいので、ダオ、任せた‼

お、お口が幸せだぁぁぁ‼

11 なんか獣人と魔物が大変らしい。

いやー！　チョコもどき！

恋しかったよこの味‼　たまにしか食べられないから、しっかり味わって食べないと……。

次は祝いのケーキ！

うっまーい‼　口から光線出せるレベルで美味い！　語彙《ごい》力崩壊する‼

「ネマ、口の周りが汚れているわ」

マーリエが呆れつつも、汚れを拭いてくれた。

「美味しくて言葉がでない‼」

「大丈夫よ。その分、顔で表現しているから」

「んん？」

マーリエの言葉に首を傾げると、陛下が楽しげに話しかけてくる。

「そんなに喜んでもらえたら、私も嬉しいよ」

味わって食べたはずだけど、頭を使ったからかあっという間になくなった。しょんぼり。

「それで、ネフェルティマ嬢。以前提案してくれた、子供たちと獣人の交流をやってみないか？」

確かに、そんなことを言ったような記憶がある。

今、そんなことを言ってくるってことは……。

「もしかして、獣人がおそわれている事件のせいですか？」

「ネフェルティマ嬢の耳には入っていたか」

となると、交流をしてもその問題は解決しないかもしれない。

事件の根本にあるのは難民問題だ。

ガシェ王国やライナス帝国では『避難してくるのはいいけど、あとは自分で頑張ってね』というスタンスだ。

その代わり、難民発生の原因が国同士の紛争や内戦だった場合、積極的に介入し、早期終息させて、難民を国に帰す。

ただ、今回の発生原因はイクゥ国の旱魃《かんばつ》を始めとする、ラーシア大陸南西部の災害、それに伴う情勢の悪化、紛争と一つではない。

だいぶ状況が落ち着いているとはいえ、まだ難民が帰れるほどではないと思われる。

「貴族の子供たちを集めて、獣人と交流を持たせても、成果が出るのはかなり先だと思います。へいかは、獣人がおそわれることがなくなる足がかりにしたかったのですか？」

「流れを変えるきっかけになればと思っているよ。我々皇族や貴族の行動はね、ネフェルティマ嬢が思っている以上に影響がある」

陛下が例え話も交えて説明してくれた。

皇后様が新しいドレスをお披露目したら、翌日には貴婦人たちの話題に上がり、似たデザインのドレスを作り始める。早ければ十日後には、帝都や近隣の都市の夜会で、それを着た女性が現れる。

　そして、都市から都市へとドレスのデザインが伝わっていき、約五十日ほどでライナス帝国全土に広がると。

　さらにその頃になると、商業組合の伝達屋が客寄せの話題として扱うようになり、風聞《ふうぶん》誌《し》も出回るそうだ。

「ふうぶんしってなんですか？」

　初めて聞いた言葉だったので遠慮なく質問した。

「あぁ、君たちには馴染みがなかったね。その地域の噂を集めた読み物のことだ。商人たちが遊び心でやっているそうだが、これが意外と侮れないんだ」

　陛下は実物を見た方が早いだろうと言って、侍従にわざわざ取りにいかせた。

　侍従さんが急いで持ってきてくれたものを手にすると、物凄く見覚えのあるものだった。

　少し大きな紙の両面は、大小様々な文字とイラストで埋め尽くされている。

　そう、これは新聞だ！　しかも、朝刊ではなくゴシップ色の強いスポーツ紙！　いい噂から悪い噂まで、プライバシーガン無視の超地元密着版‼

　しかもちゃっかり広告欄まで設けてある……というか、誌面の半分が商店の広告だわ。

「……商人ってほんと商機を見逃さないというかなんというか」

　地域ごとに特色が現れるため、旅行で訪れた人はネタとして購入していくこともあるみたい。

庶民の娯楽の一つなのだそう。

見せてもらったのは帝都の風聞誌なので、有名店の新商品や皇族がお忍びで……⁉

「ルイ様がお忍びでお店でお菓子買っていたって書かれているけど？」

「そこのクレデュールが絶品でね。今度、ネマちゃんにも買ってきてあげようか？」

クレデュールはライナス帝国北部の伝統菓子で、短い秋に生えるクレ草を練り込んだ揚げクッキーのこと。

厳しい冬がやってくる前に、美味しいものを食べて英気を養おうってことで昔から食べられている。

クレ草は甘い上に栄養価が高く、油で揚げてあるのでカロリーも高い！

冬眠する前の動物が、せっせと脂肪を蓄えるのと似ているなと思った。

「買ってきてもらえるのはうれしいですが、お忍びが見つかっていては意味がないような？」

「別に見つかってもいいんだよ。皇族が国民の生活を知っていると、国民に知ってもらうのは大事だからね」

皇弟がお菓子屋さんに出没したら、国民はめっちゃ驚くと思うけど、親近感も湧くかもしれない。

つまり、皇族の好感度アップに風聞誌を利用している！

「風聞誌がどういうものか理解したかな？　それでだ。普段表に出てこない皇子が、貴族の子供と獣人を集めた催し物をやったと報じたら、どうなると思う？」

そりゃあ、注目度バツグン！　貴族も庶民もどんな催し物だったのか知りたいだろうし、参加した家はいろいろな茶会に招待されそう。

そうか！　マスメディアを使って風潮を変えていく戦法か！

だけど、懸念がある。

そうやって獣人が注目されればされるほど、目立とうと獣人を襲う輩が出てくるのでは？

そうなると、死者が出るような事件が起きてもおかしくない。

交流会をやると同時に、事件への対策も必要だ。

「それだけ影響力があるなら、やってみる価値はあると思います。しかし、獣人がおそわれている事件の対策はどうなっていますか？」

「捜査自体は順調だが、どうやら届けられていない事件の方が多いとのことで、全体の被害を把握できていないらしい」

　そうだよねぇ。

　慣れない土地で事件や事故に遭っても、実害が少なかったら言わないと思う。国が違うのならなおさらにね。

「一時的な措置として、帝国民、難民問わず、被害を申告してくれた獣人の捜査をエルフを主体とする班で行うのはどうでしょう？」

　被害者は加害者のことをまったく知らない場合が多いと思われる。

　なので、精霊に聞くのが一番早い！

あまり移動をしない地の精霊とか、いろいろ目撃しているかもしれないし、高確率で加害者の身元がわかるんじゃないかな？

もし、虚偽の申告をする獣人がいても、精霊に聞けば一発で嘘だとわかるしね。

そういったことを陛下に説明した。

「なるほど。国が本格的に取り締まっていることが知れ渡れば、抑止力にもなるか」

精霊はどんなに可愛くても、神様に連なるものだからね。信仰し、畏怖する者も多いから、その心理を利用するのも手だと思う。

「では、その方向で一度検討してみよう」

素人意見なので参考程度にしかならないだろうが、いい案が出るきっかけになれば嬉しい。

「それとダオ。警衛隊の第二体制への移行はどれくらい進んでいる？」

「あ……まだ半分ほどです」

警衛隊の第二体制とは、皇族が公務を行う上で、信頼のおける隊員を必要な分確保し、なおかつ皇族が警備に対する知識を有している状態のことを指す。

それを聞いてくるということは……。

「半分か。それならなんとかなるだろう。貴族の子供と獣人の交流を行う案件を、公務としてダオに任せたい」

「えっ!?」

やっぱりーって気持ちと、ダオのびっくりした顔は可愛いなぁって感想と、ダオ一人なのは心配っていう不安が同時にきた。

「誰にでも最初はある。クレイを補助につけるから、たくさん手伝ってもらえばいい」

陛下、人選間違ってない？

クレイさん、ダオのためだからと言って、一人でやっちゃうよ！

「マーリエさんとネマさんも、ダオをお手伝いしていただけないかしら？」

皇后様にお願いされ、マーリエは即承諾する。

私もすぐ承諾するつもりだったけど、皇后様からのアイコンタクトに気づいた。

ま、まさか……。

「わかりました。クレイ様がぼうそ……専断的な言動をしたら、ルイ様に報告します！」

「なんで僕⁉」

「クレイ様をいさめるのはルイ様の役目なんでしょう？」

ルイさん、よくクレイさんを注意してたじゃん！

他の方でもいいけど、テオさんはあまり遭遇しないので報告が難しい。エリザさんは……面白がって諫めてくれない気がする。陛下もマーリエ父もお忙しい。

そうなると、かなりの頻度で私の部屋にサボりに来るルイさんが一番報告しやすいんだよね。

「ネマちゃんでもクレイを言いくるめられると思うけどなぁ。ユーシェ」

なぜかユーシェに同意を求めるルイさん。だけどユーシェは無視！　耳すら動かさない徹底ぶりだ！

「まぁ、クレイもまだ未熟だ。人を導く難しさを知るいい機会になるだろう」

クレイさんの成長も促すつもりなのかな？

ダオを上手くサポートできれば、クレイさんも誰かを教え導く匙加減を学べるかもしれないね。

とにかく、ダオを甘やかしすぎないようしっかり見張らねば！


次の日も三人集合して、獣人交流会について話し合う。

何をするのか決めてから、クレイさんに入ってもらう予定だ。

「寝る前にずっと考えたんだけど、みんなでまた宝探しをやりたいなって……」

よほど宝探しゲームが楽しかったのだろう。

大勢でやればもっと楽しいと訴えるダオ。

「大勢ってどれくらい？　貴族の子供は招待するとして、獣人たちとどう関わらせていくかが問題だと思うな」

ダオ……というか、マーリエ母の派閥の貴族は参加してくれるだろう。

ダオと同じ年頃の次男、三男がいるお家なら、保険として参加するはず。

あとはクレイさんの派閥で、子供がいるお家は参加してくれるかもしれない。

「パウル、ダオの交友会で参加していた子供の人数覚えていたりする？」

「十二家門十八名です」

あのとき、いろいろと調べていたから知っているかなぁってダメ元で聞いたら、即答された。

そうすると、貴族の子供は多く見積もって四十人くらい？

ちょっと多いから招待は絞ってもよさそう。

「獣人の家門は少ないわよ？　それに、あちらも帝都寄りの貴族を嫌っているでしょうから、招待を受けてもらえないかも」

「……貴族の派閥、面倒くさい‼」

マーリエの言葉に、思わず本音が出てしまう。そうしたら、パウルの目が鋭くなった。

あとで小言を言われそうだなぁ。

「とりあえず、貴族側の参加者と獣人の参加者を確保できたていで話を進めましょう。ダオは宝探しがやりたいのよね？」

「うん。でも、パウルが作ってくれたみたいな手がかりを、ちゃんと用意できるか不安なんだ」

あれは私が謎解き要素をリクエストしたからだけど、自分たちで問題を作れるかと言われたら無理だな！

うーん、私ができるのはなぞなぞくらい？　前世の知識の流用になっちゃうけど。

そもそも、なぞなぞで子供と獣人が仲良くなるのか⁇

「宝物って一つでないといけないの？」

マーリエの疑問に、私とダオは互いに顔を合わせた。

「ネマ、宝物をいっぱい隠して、いっぱい見つけた組が勝ちっていうのはありかな？」

「ありあり！　見つけやすいものと見つけにくいものを作って、見つけにくいものは獣人が見つけられるようにすれば、みんな協力しそうじゃない？」

勢いで言っているから、何度も同じ言葉を言って自分でもこんがらがってきた。

「えーっと、見つけにくいって例えばどんな？」

「獣人は身体能力が高いから、高い場所に隠すとか？」

パッと思いついたことを口にしたら、失礼ながらとパウルが意見を述べる許可を求めてくる。

「子供の遊びに大人が参加するのは不公平となります。行うならば、獣人も子供にすべきです。また、参加者がすべて子供の場合、獣人でも身体能力が発達していないことを考慮された方がよろしいかと」

なるほど。仲良くなることを優先するなら、子供たち同士の方がいいに決まっている。

私は獣人かっけー！　ってなればいいなぁと思っていたが、そっちの方が断然いい！

「貴族籍を持つ獣人の子供は少ないと言ったでしょう。どうするの？」

マーリエが人の話を聞いていなかったの？　と言わんばかりに、パウルを問い詰める。

「貴族にこだわらなければよいのです。幸い、ライナス帝国軍には多くの獣人が在籍されておりますし」

その手があったかー‼

みんな私と同じ気持ちなのか、誰もパウルの案に否を唱えない。

「帝国軍の獣人の子供を参加させる利点がもう一つ。獣人の子供は軍人の親から、貴族のよくない話を聞いている可能性があります。しかし、子供は自分が体験したことを近所の子供に自慢したりしますよね？」

　これは……陛下がやろうとしているマスメディア戦法と合わせれば、かなり獣人の印象を変えられるのでは？

「そう言われればそうね。さすがパウルだわ。本当、ネマには過ぎた執事ね」

「お褒めいただき、ありがとうございます」

　パウルだけでなく、我が家の使用人はみんな凄いんです！

「パウルはあげないよ」

「……親友の使用人を奪うようなことはしないわよ」

　ふふふっ。親友って言うときにちょっと恥ずかしそうにするマーリエは可愛いねぇ。

　思わずマーリエの頭をよしよししたら、叩き落とされた。ツンデレさんめっ！

「ネマもマーリエで遊ばないで。とりあえず、見つけにくい宝物は獣人の子供を基準に考えるとして、その基準がわからないと決められないね」

「ごめん。そこら辺はクレイ様に相談するのがいいかも。軍部に協力をお願いしないといけないし、獣人の子供の能力はけいえい隊の獣人さんに聞いてもいいんじゃないかな？」

「……そうだね。じゃあ、クレイ兄上にすぐ相談できるよう、内容をまとめようか」

　そう言ってダオは、宝探しの基本ルールやそこから派生する案を紙に書いていく。謎解き方式、宝物の数での加点方式といった具合に。

　そして、知りたいことも箇条書きで出してみた。軍部に多くいる獣人の種族、獣人の子供の能力、開催できそうな場所などなど。

それと一緒に、話し合いをしたいというお手紙を添えて、あとは送るだけ。

「クレイ兄上から返事が来たら知らせるね」

そろそろマーリエが帰らないといけない時間も迫っているので、今日はここでお開きとなった。

◆　◆　◆

ダオからの連絡を待っている間にびっくりすることが起きた。

「ネマお嬢様、お客様がいらっしゃいましたよ」

パウルに言われて、突然来るってことはルイさんかなと思って後ろを振り向いたら……。

「おにい様⁉　えっ？　えっ⁇」

お兄ちゃんがいた‼

「ネマを驚かそうと思って、内緒で来ちゃった」

ドッキリが成功したことが嬉しいのか、お兄ちゃんは満足そうな笑みを浮かべる。

キラッキラな笑顔を見て、ようやく夢じゃないと理解した。

びっくりしながらもお兄ちゃんに抱きついて、朝の挨拶をする。そして、ライナス帝国に来た理由を聞く。

「ちょっと忙しくて遅くなってしまったけど、セリューノス皇帝陛下へディーの契約者になったことを報告しにね」

ミルマ国から帰国してからのことを改めて聞いたら、とても忙しかったのだとわかる。

というか、ヴィにこき使われすぎでないかい？

まず、王様にミルマ国でのことを報告。これは、パパンも同席したらしい。そのときに、ディーも紹介した。

それから、ヴィに聖獣の契約者が担う仕事を教えてもらい、情報部隊の隊長さんと面談して、ヒールランからの要望でシアナ特区の視察へ向かったそうだ。

何でも、シアナ特区現場管理部門の面々から、レイティモ山の魔物たちの一部を別の場所に移してはどうかという意見が出ているらしい。

ゴブリンも私がシアナ特区に行ったときよりは多少増えているし、増えづらいのは群れを賄える餌の確保が難しくなっているからではという見解も出ているとか。

それで、ゴブリンとコボルトで有志を募り、お引っ越しを検討しているそうだ。

「ネマに一つお願いがあるんだけど……」

お兄ちゃんは少し言いづらそうに言葉を続ける。

「シンキを数日間貸してもらえないかな？」

「森鬼を⁉」

「コボルトの方は問題ないんだけど、ゴブリンたちがね……。できるだけ要望を聞いてあげたいし、シンキにならみんな遠慮なく言えると思って」

鈴子もちょっと頑固なところがあるからなぁ。森鬼になら正直な気持ちを話すかもしれないと考えたのか。

「ということは、お引っこし先は決まってないの？」

「候補地としては、レニスの森とディルタ領南部のヒェルキの森、あとは以前見にいったミューガ領の山一帯だよ」

ミューガ領の山と聞いて、嫌な記憶が蘇《よみがえ》る。

上から降ってくる大量の虫。お姉ちゃんとパパンによって焼かれ、周囲に漂う香ばしい匂い。

「ミューガ領の山は危険なんじゃ……？」

「調査をした結果、あの一帯の一部で以前ネマが言っていた条件に合う場所があったらしい」

……私、どんな条件出していたっけ？

ちょっと記憶が曖昧だったので、森鬼に聞いてみることにしよう。

森鬼を呼んで、あの山のことを聞いたら覚えていたので、もう一度ゴブリンが住める条件を教えてもらう。

「水の確保が容易なことと、雨風をしのげる寝床だな」

うん。大抵の生き物には必須の条件だったわ。それでもって、災害の危険がない場所ね。

「僕としてはレニスの森の方が安全だと思うんだけど、住民たちにはまだ恐怖が残っているはずだから、今のところ最有力はヒェルキの森だね」

森の主《ぬし》様、元気にしているかなぁ。

私としても、主様がいる森の方が安心だが……コボルトの襲撃を受けたレニスの街の人たちのことを思うと無理は言えない。

「だから、一度シンキにヒェルキの森を見てもらって、移住が可能そうであれば、その移動にも同行してもらいたいんだ」

「……同行するかどうかは、お引っこしする子と森鬼が話し合って決めた方がいいかも」

移住先の下見やゴブリンの説得に森鬼が必要っていうのはわかる。

でも、移動にまで森鬼がついていくのはどうだろう？

この移住は言うなれば、巣立ち。

今回は群れを分ける形なので蜂の分蜂に近いけど、その独立しようとする群れに、群れの上位がついていって守るのは巣立ちと言えるのかな？

「ゴブリンって、どうやって新しい群れを作るの？」

動物に照らし合わせるとおかしい行為でも、魔物は勝手が違うのかもしれないと思って森鬼に聞いてみた。

「長が気に食わないと思ったら、群れを出る。一匹で出ていくこともあれば、群れの半分以上を引き連れて出て行くものもいる。別の群れに入ったり、その群れを奪うことだってあるぞ」

森鬼さんや。それは、仲間割れというのでは？

でも、本当にそのときの状況によって異なるのであれば、森鬼がついていっても問題ないのかなぁ??

「森鬼はお引っこしが決まったら、新しい場所まで同行したい？」

「……新しい群れの長が誰かによる」

うーん、闘鬼《とうき》や守鬼《しゅき》はちょっと不安だよね。でも、鈴子はレイティモ山に残ってもらわないとだし。

となると、やっぱり森鬼が話し合って決めるべきだよ。

「おにい様、お引っこしするゴブリンたちの長は決まってないんでしょう?」

「そうだね。一応、ヒールランがスズコに説明して、決めるように言っているよ」

「じゃあ、やっぱり、森鬼に一任する。本当は私が行きたいけど……」

ダメ元で、私が行く方が確実だよって匂わせてみたが、お兄ちゃんの顔を見たら言われなくても察した。

うん、無理だよね。

「シンキが移動にも同行することになると、数日では戻ってこられない。そうなったときは、ディーをネマの側につけるから安心して」

「でも、おにい様はどうするの?」

そもそも、ディーの了承を得ている? 今、凄くしょんぼりした顔になってるよ?

「僕はヴィルについていることが多いし、王都にいればそう危険はないから大丈夫」

ヴィの周りは一応、警備がしっかりしているけども! 我が家の使用人たちも手練れ揃いだけど!

「おにい様はまず、ディーを説得するべきだと思う」

こんなにしょんぼりして、ディーが可哀想でしょ‼

お兄ちゃんは少し慌てた様子でディーへ語りかける。

ちょいちょいお兄ちゃんが黙っちゃうのは、念話も使っているのかな？

たぶん、私に聞かせられないことがあるからなんだろうけど、お兄ちゃん、器用だね。

私は、口でしゃべってすぐ念話とかできないよ。

変なところに感心していると、どうやらディーの説得に成功したらしい。

まぁ、ディーならお兄ちゃんの言う通りにするって思ってた。お兄ちゃんのこと大好きだもんね！

「じゃあ、シンキ。荷物の準備をしておいで」

お兄ちゃんにそう言われた森鬼は私を見つめる。

私は私で理解が追いつかず首を傾げる。

「ん⁇」

さらに、そこへ追撃を加えるのはパウルだった。

「シンキの荷物でしたら、こちらにご用意しております」

パウルが手に持っているのは小さい鞄。

いやいや、荷物少なくね？　って思ってしまったけど、そこじゃない。

「もう連れてくの⁉　というか、おにい様はもう帰っちゃうの？　おねえ様に会ってないのに⁇」

お姉ちゃんは今朝、珍しく愚痴りながら学術殿《がくじゅつでん》へ登校していったんだけど。

お姉ちゃん、お兄ちゃんが来るのを知っていたな！

「うん。カーナには、僕が謝っていたって伝えてくれる？」

本当に慌ただしい中、会いにきてくれたようだ。

そんな忙しいお兄ちゃんを引き留めるわけにはいかないか……。

わかったと頷くと、お兄ちゃんが力強く抱きしめてくれた。

「それで、俺はどうすればいいんだ？」

「森鬼はおにい様といっしょに行って」

これから直行するというディルタ領のヒェルキの森を下見して、レイティモ山でシシリーお姉さんや鈴子からしっかりと話を聞いてから、移住自体が群れの利益となるかを判断して欲しい。

そして、少しでも気がかりなことがあるなら、全部お兄ちゃんに伝えることを森鬼に厳命する。

お兄ちゃんには、森鬼が移住しないと判断したら、それを受け入れてくれるようお願いしておく。

「それから、こういうことはなるべく早く教えて欲しかったな」

事前に聞いていれば、いろいろと案を出せたと思う。

「……それは本当にごめん。言い訳になるけど、忙しくて報告書とかも全部ヒールランに任せていたんだ」

「じゃあ、その報告書を私にも読ませて！」

「すぐに手配するよ」

お兄ちゃんはこのまま、ディーに乗ってディルタ領へ行く。

「ディー、おにい様と森鬼のことお願いね」

「ぎゃぁう！」

元気なお返事をもらったが……忙しくて疲れているお兄ちゃんに、常識に疎い森鬼、お兄ちゃんに甘いディーではやっぱり心配だ。

バルコニーから飛び立つ二人と一頭を見送ったあと、私はパウルにあるお願いをした。

お兄ちゃんのお仕事を手伝える人を増やして欲しい。

たぶん、ジョッシュだけでは処理できないくらい、いろいろとお仕事を抱え込んでいるのだろう。

「旦那様へご報告はしておきますが、人員の増加は難しいかもしれません」

「なんで？」

「ラルフ様がお忙しいのは、ヴィルヘルト殿下が関わっているようです。王宮でのお勤めは、我々はお手伝いできませんし……」

ヴィめっ！

仕方ない。ヴィにお兄ちゃんをこき使うなってクレームを入れるか。

「わかったわ。じゃあ、ヴィに直談判ね！」

ということで、ヴィにはこれでもかっていうくらいわかりやすく、文句を書いて送った。

手紙ではなく、でっかい紙にでかでかと『おにい様を休ませろ！』と。
そしたら返事が『間抜けめ』だった。解せぬ‼

閑話　契約者は多忙。　視点：ラルフリード

ミルマ国から帰国して、少しはゆっくりできるかと思ったら、そうはいかなかった。

国王陛下に聖獣の契約者になったことを報告すると、どこから聞きつけたのか、関わったことのない人たちからも様々な招待状が届いた。

その招待状よりも多かったのはご令嬢の身上書。

ヴィルのお相手も決まっていないのに、僕の婚約が決まるわけないのにね。

「ラルフの手が増えたから、これで刑を進められる」

ヴィルが帰国してから真っ先に行ったのが、とある騎士たちの拘束。

その数は二十六名にもおよんだ。

彼らは国民を守る騎士でありながら、イクゥ国の商人に誘拐した国民を売っていた罪に問われる。

主犯格の元統括本部隊隊長を始め、実行犯は数人なのだけど、手助けしていた者たちが厄介だった。

彼らは皆、名に誓っているため、隊長らの犯罪行為を証言することができない。

証言を得るためには、誓約法に基づいて対処する必要がある。

ヴィルは時間を見つけては彼らを説得し、ラース殿のお力で名の誓いを一時的に無効にして証言を集めていた。

名の誓いを一時的にでも無効できることに驚いたけど、ディーに確認したら契約者は皆できるそう。

だからか、と思ったのは言うまでもない。

ヴィルに代わって僕が、手助けをした騎士たちから証言を集めることになった。

証言を聞くたびに、あの狸な隊長を許せないという気持ちが強くなる。

そして、ようやく逮捕できたときには、帰国してから十日以上経過していた。

だけど、それで終わりではない。

これから、刑を決める審議が行われる。

それに向けての準備を進める中、情報部隊のシーリオ隊長から面会を申し込まれた。

『光の聖獣様にお会いできて、本当に！　本当に！　光栄ですぅぅぅ‼』

都合をつけて、王宮でシーリオ隊長と会うことにしたのだけど、彼が入室したとたんに何かが飛び込んできた。

その正体は精霊。ディーの周りを踊るように飛び回っている。

「騒がしくて申し訳ございません」

「大丈夫です。彼女は土の中位精霊ですよね？」

謝るシーリオ隊長に、少し気になったことを尋ねた。

「見えないでしょ？　土の精霊とは思えないくらい騒がしい奴なんです」

土の精霊は、他の精霊と比べると内向的で穏やかな性格をしている。

だから、凄く元気な土の精霊がいることに驚いた。

「早速ですが、本題に入らせていただきます」

シーリオ隊長が僕に会いにきたのは、僕が聖獣の契約者となり、精霊と意思疎通ができるようになったからだった。

国の有事の際、精霊を通じてやり取りをすることもあるからと。

「私にはもう精霊を従える力は残っていません。見聞きできるだけの精霊術師です」

「それは……」

精霊を従える力を喪失した精霊術師は、その多くが心を病み、行方をくらます。

今まで見ていた世界が失われ、いつも側にいた存在が消えるのだ。

精霊術師にとって、精霊との繋がりがどれだけ大切なことなのか、今なら理解できた。

「なので、ラルフリード様にも迷惑をかけることもあるかと」

『ディー様の契約者さん、お願い。シーリオを助けてあげて！』

精霊の必死さが伝わってくる。それだけで、二人の関係性も見える。

「できるだけの範囲で、という約束になってしまうけど、それでも構わないのであれば力になります」

国のことを考えると、シーリオ隊長を支えてあげられるようにするのが最善だ。

だけど、僕にはネマがいる。

ディーから授かった力は、ディーの宝物を守るために使うべきだ。

「それで構いません。それと、私にはヴィルヘルト殿下から風の精霊をつけられていますので……」

シーリオ隊長が話しているのに、彼の周りにいた風の精霊たちがはしゃぎ出す。

『はいはい！』

『シーリオのお守りをやってるのー！』

『ヴィルとよく一緒にいる子だ！』

ヴィルの側にいた精霊たちだからか、僕のことも覚えていてくれたみたい。

「シーリオ隊長の周りは賑やかで楽しそうだね」

「おかげで傷心する暇もないです」

そう言って苦笑するシーリオ隊長。

もう精霊にお願いすることはできないけど、精霊たちとヴィルの働きで心を病まずにすんでいるようだ。

それから僕に話せる範囲で、情報部隊が今、どんな事案を抱えているのかを教えてくれた。

その最たるが、聖主《せいしゅ》の正体と居場所を突きとめること。

シーリオ隊長はヴィルの人使いが荒いと嘆いていたけど、これに関しては僕もヴィルと同じ……いや、それ以上に知りたい気持ちが強いので、しっかりと励ました。

彼が頑張れるようにと、疲労回復の治癒魔法もかけておく。

「休みが欲しい……」

疲労回復をしたけれど、気力は回復できなかったか。気力は本人の気持ちに左右されてしまうからなぁ。

力なく呟いたシーリオ隊長は、自分の部隊へと戻っていった。

僕も屋敷へ帰ると、すでに父上が帰宅していた。

父上が普段帰宅する時間より早いし、やけに上機嫌なのが気になる。

「父上、ただ今戻りました」

「ラルフか、お帰り」

おいでと手招きをされたので、やはり何かあったのだろう。

父上の側に行くと、机の上には不思議なものが置かれていた。

「これは……ネマからですか？」

「あぁ、筆立てだそうだ」

だから、変な空洞があるんだ。

ずいぶんとこだわった感じが伝わってくるネマの力作だけど、なぜ同じものが二つあって、そのうちの一つには色が塗られていないのか？

気になったので父上に問うと、それはもう自慢したくて堪らなかったという笑顔で説明してくれた。

「こちらは私が色を塗って、ネマが使う分だ」

僕とネマが陽玉の飾りを作ったのが、よほど羨ましかったのかな？

そんなことで張り合わなくても……と思う反面、僕が父上の立場だったら凄く悔しく感じるだろうね。

父上とネマ談義を楽しんだあと、自室に戻ったらジョッシュに手紙を渡された。

ネマからの手紙ともう一枚は……ヒールラン。

珍しいなと思いつつ、ヒールランからの手紙を先に読む。

そこには、シアナ特区の現状と、できれば会って話がしたいと書いてあった。

「これは、シアナ特区に行く必要があるね」

「すぐに向かわれますか？」

ジョッシュに予定を聞かれ、僕は二日後に向かうと告げた。

二日あれば、ヴィルに押しつけられた分の仕事もどうにかできるだろう。

最悪、ヴィルに押しつけ返せばいいしね。


なんとか都合をつけて向かったシアナ特区。

以前よりも賑わっているようだけど……。

「ラルフリード様、ご足労いただきありがとうございます」

「いや、ヒールランに任せてばかりだからね。それで、レイティモ山の魔物たちはどんな様子？」

ヒールランに会って話がしたいと言われた内容は魔物たちについてだった。

彼が言うには、ここ最近様子がおかしいそうだ。

「コボルトたちは安定というか、もはや魔物と人の集落のようになっています。問題はゴブリンで、以前よりも積極的に冒険者を襲うようになりました」

「ゴブリンが？」

コボルトとは違い、ゴブリンとともにした時間は少ないが、彼らが積極的に人を襲う姿が想像できない。

どちらかと言えば、冒険者と不意に遭遇してしまい、逃げるために攻撃する印象がある。

「黄の冒険者を集中的に狙っているようです。五匹が一斉に一人を襲い、荷物を奪って逃げます」

なんだか話の様相がおかしくなってきたな。

「食料だけ奪い、荷物は山に捨てるので、すぐ回収できるようです」

「つまり、戦うことよりも食料を得ることが優先になっているってことだね？」

ヒールランは頷く。

「ゴブリンたちは、冒険者を酷く傷つけることはせず、顔見知りの冒険者がいると、食糧をねだっていました。私もよくねだられます。ただ、ホブゴブリンのスズコたちが……」

ヒールラン、スライムに魔力をねだられていたのに、ゴブリンにまで……。

魔物たちに受け入れられている証拠だとしても、少し不憫だ。

それにしても、スズコたちにも何か問題があるのか。ちょっと頭が痛くなってきた。

「新人冒険者の指導で青以上の冒険者も山に入ることがあるのですが、強い冒険者を見つけるとスズコたちは戦いを挑んでいるみたいで……」

「あぁ、それじゃ新人の指導なんてできないか」

大まかにだけど、魔物たちの状況を把握した。

ネマがいない影響がじわじわと出ているのかもしれない。

「これは個人的な意見ですが、レイティモ山だけではもう限界なのだと思います。それに、当初ネマ様が考えていたものとは、異なる方向に進んでいますし……」

そうだよね。

僕も、もっと殺伐としたものになるのではと思っていた。

しかし、実際に蓋を開けてみれば、コボルトは人と共存生活を営み、ゴブリンたちも人との距離を縮めている。

「それで、ヒールランはどう対処するか考えているの？」

「今の群れを分け、別の場所で暮らすべきかと」

しかし、簡単に魔物を結界の外に出すわけにはいかない。

シアナ特区のようにする必要はないと思うけど、結界を張らない場合にはいざというときの備えが必要となる。

以前、視察に行ったミューガ領の山か、それとも……。

どちらにせよ、僕一人で答えが出せるものではないのは確かだ。

「ヒールラン、この話は一度持ち帰って、父上の判断を仰ぐ。それから、今日話してくれたことを報告書にまとめること。魔物の移住についてもまとめられそうだったら頼みたいな」

「畏まりました」

結局、レイティモ山を見にいく時間はなくて、すぐに戻らないといけない。

レイティモ山の魔物たちのことは、精霊に見ていてもらうことにした。

本当に、変な行動を取っているのか確かめないとね。

僕はヒールランに見送られ、ディーに乗ってフォーベに行き、転移魔法で王宮へ。

ディーに乗って移動時間を短縮できるようになったのは嬉しい。ディーと空を飛ぶのは、散歩みたいで楽しいから苦じゃないし。

まぁ、オスフェ家の護衛たちからは怒られるけど。

それから父上にもレイティモ山のことを報告し、以前行ったガシェ王国の災害危険調査をもとに、魔物たちを移住させる候補地を絞る。

それとは別に、僕は独自に精霊たちにお願いして、国内の魔物の分布を調べた。

すると、三巡足らずして、魔物の分布はほぼ戻っているとみていい。

ただ、やはりラーシア大陸の南西部はまだ、魔物も他の生き物も数が極端に少ないままだそうだ。

ガシェ王国やライナス帝国が食糧支援を行っているとはいえ、食べるものがなく、国から避難する難民の流出が続いていた。

レイティモ山の魔物たちを国境沿いに移すのは、やめておいた方がいいかもしれない。餌となるものがなければ、人を襲う危険が高くなる。

だとすると、精霊宮を守る森が近いディルタ領南部のヒェルキの森が相応しいかも。

魔物たちのことで慌ただしくしていると、ヴィルに呼び出された。

「ラルフ、そろそろ精霊王たちとライナス帝国への挨拶をしたらどうだ」

「あ、そうか。契約者になったから、精霊宮に立ち入ることができるんだっけ」

ラーシア大陸の中央にある精霊宮。そこに住まう精霊王様方の話はヴィルから聞いたことがある。

本質が精霊だからか、変わったお方々のようだ。

「じゃあ、もう少し落ち着いたら……あ、いや、なるべく早く行ってくるよ」

急に意見を変えた僕を、ヴィルは不思議そうに見てくる。

「ほら、レイティモ山の魔物を移住させる件。ネマの意見も聞きたいし、実行するならシンキに協力してもらえないかなって」

「シンキを連れてくるとなると、ネマがうるさそうだな」

面白がるヴィルだけど、確かにネマの説得が大変だと思う。

◆　◆　◆

その日も朝から忙しかった。

精霊王とライナス帝国皇帝にお会いするのだから、身嗜みをとジョッシュがうるさい。

とは言っても、精霊宮の入り口からは森の中を歩かないといけないので、過剰に着飾られるのは困る。

失礼のない程度で動きやすい衣装を選んだ。

初めての精霊宮はとにかく凄かった。

別の世界に迷い込んだ感覚がしたけど、ネマが喜びそうな場所だとも思った。

あと、精霊王様方も強烈だったな。

ヴィルが言っていた以上に癖のある方々で、圧倒された。

精霊王様方に翻弄《ほんろう》されたあとは、ライナス帝国皇帝のセリューノス陛下との謁見《えっけん》だ。

事前にディーに乗っていくと話を通していたけれど、宮殿に聖獣が降りられる大きな露台があるのは便利だね。

オスフェの屋敷にも造ってもらおうかな？

謁見の間の前まで来て、少し緊張してきた。

セリューノス陛下とは幼い頃にお会いしたことがあるけど、あのときはヴィルの遊び相手としてだったし……。

『水の聖獣がいるって』

『青天馬のユーシェ様のことだね』

精霊に聞いたのか、ディーがそわそわし始めた。

初めての聖獣に緊張しているのかな？

大きな扉が開き、僕の名前が告げられた。

僕は御前まで進み、公用の礼一位を取る。

「楽にしてくれ」

陛下のお許しが出たので、顔を上げてなるほどと納得してしまった。

ネマがライナス帝国に行ったばかりの頃、手紙に皇帝が若い、子供が五人もいるなんて思えないと綴《つづ》っていた。

目の前にいる陛下は、僕が記憶しているお姿のまま。十巡近く前とまったく変わっていない。

「ガシェ王国公爵家、デールラント・オスフェの嫡子ラルフリードが、獅子光《ししこう》ディーと契約したことをここにご報告いたします」

「よく来た。青天馬ユーシェと契約者セリューノスは貴殿らを歓迎する。……さて、堅苦しいことはここまでにしよう」

陛下がそう告げるやいなや、玉座の方から青天馬様が駆け降りて、ディーの前に来た。

青天馬様は翼をはためかせながら、頭を上下に振る。

頭を振る動作は馬でも見かけるけど、青天馬様を馬と同じに考えていいのだろうか？

「ユーシェ、落ち着け」

『水さんが知識を譲ってくれるって！』

青天馬様はディーと仲良くしたくて、来てくれたみたいだ。

『よかったね。でも、はしゃぎすぎないように』

少し緊張していたディーは、歓迎してもらったのが嬉しかったのだろう。尻尾を揺らしながら、青天馬様に角と鬣を擦りつけていた。

さすがに大丈夫だと思うけど、注意をしておく。謁見の間を壊したら大変だからね。

「……では、改めて。同じ契約者同士、我々も仲良くやろう」

「ありがとうございます」

とは言え、何か関係が変わるわけではない。

陛下との会話も、ネマに関わるものばかりになるのも当然だろう。

ただ、なぜか会話が弾み、予定されていた時間をすべて使ったのには、自分でも驚いた。

「名残惜しいが、そろそろ時間のようだ。何かあれば今のうちに聞くが？」

「おそれながら、獅子光の行き来をお許しいただきたく存じます」

「……光の聖獣殿だけか？」

僕が頻繁にライナス帝国を訪れるのは難しい。

なんだかんだとヴィルの相手をするのは宰相位を継ぐためのものだし、シアナ特区といった領地の仕事も抱えている。

結局、ルノハークの問題が片づかなければ、僕も父上もゆっくりなんてできないんだろうなぁ。

「ヴィルヘルト殿下の最側近としての務めもございますので、容易に国を出ることが叶いません」

陛下はご存じだろうが、国の状況を簡単に言えるわけもなく。申し訳ないけど、ヴィルを理由に使わせてもらう。

陛下はそういうことならと、すぐにお許しくださった。

「ヴィルは真面目すぎるからな。上手く力を抜けるよう、貴殿からも働きかけてやってくれ」

皇帝としてではなく、伯父としての発言のようだ。僕はそれに是と答えた。

陛下はヴィルのことを理解していらっしゃる。

ミルマ国でもそうだったけど、ヴィルは周りに頼るということをしてくれない。なんでも一人でやろうとする。

そういう部分だけは、ネマを見習った方がいいと思うんだ。

ネマは、自分ができることとできないことをちゃんと理解している。できないことは周囲の力を借りてどうにかしようと動くし、現実的に無理であれば引き下がる。

まぁ、今は引いているだけかもしれないけど。

『お話、終わった？』

ディーはすでに青天馬様との交流を終えていて、ちょっと退屈そうにしていた。

『終わったよ。ネマのところに行こうか』

僕たちが謁見の間を辞そうとすると、青天馬様が鳴いた。

「ぎゃうっ！」

ディーも返事をする。短い時間だったけど、ずいぶん仲良くなれたみたい。

謁見の間を出て、ネマの部屋へ向かっている道中で、青天馬様とどんな話をしたのかディーに聞いてみた。

『水さん、新しい聖獣が来て嬉しいって言ってた。今まで水さんが新しい聖獣だったから』

陛下の青天馬様は、ディーの前に来られた聖獣様だったのか。

『それから、今度は愛し子と一緒に遊ぼうって誘ってくれたよ』

ライナス帝国の聖獣様の中で、ユーシェ様が一番遊び相手をしてくれると報告にあったことを思い出す。

聖獣は成体で現れるので、年齢という考えはないそうだけど、ディーとユーシェ様を見ていると幼さを感じる。

……経験値の差、だろうか？

『ネマも凄く喜ぶよ。でも、僕がいないときは、ネマを乗せて空を飛んではいけないよ？』

『うん。約束、守る！』

謁見の間がある場所から、皇族が住まう場所へ足を踏み入れる。

そこから、案内してくれている侍従の他に、軍人が増えた。僕の監視役だと思われる。

彼らに不信感を与えない程度に建物を見ているけど、ガシェ王国の王宮とは内部の造りもかなり違う。

ネマのことだから、最初はよく迷子になっていたんじゃないかな？

ようやく、ネマとカーナの部屋に到着した。侍従が言うには、本来、第二皇女に与えられる部屋なんだって。

「お待ちいたしておりました」

出迎えてくれたのはパウルだった。

「ラルフ様のご要望通り、ネマお嬢様にはお伝えしておりません」

さて、ネマは驚いてくれるかな？

12 役得、役得‼

「そういうことなら任せておけっ！」

あぁ……やっぱり張り切っちゃったかぁ……。

今日はクレイさんを呼んでの打ち合わせ。

ダオが事前に内容をまとめてくれたおかげで、説明自体はあっさりと終わった。

『子供交流会』とわかりやすく銘打ち、皇族主催の催しとして執り行うことが正式に決定しているそうだ。

陛下、仕事が早い！

「とりあえず、俺のところの獣人の隊員を集めるか」

「獣人さんに話を聞く前に、クレイ様から見て、獣人さんの能力ってどんな感じですか？」

本当に今すぐ集合をかけそうな勢いだったので、ちょっと話題を逸らす。

「獣人の能力か……そうだなぁ。やはり、種族によって異なる部分がある。狼《ろう》族は嗅覚が優れているし、大虎《だいこ》族や小虎《ここ》族は耳がいい」

ふむ。祖となる動物の特徴が活かされているというわけか。

となると、嗅覚、聴覚、視覚を活かせる宝探しを考えればいいのか！

「じゃあ、獣人の優れたとくちょうで分けて、話を聞こうよ」

全員集められると話を聞くだけでも大変だし、休みの人を呼び出すのも可哀想だもの。

クレイさんが勝手に隊員を呼び出したりしないよう、まずは警衛隊にいる獣人の種族と優れた特徴を詳しく説明して欲しいとお願いしてみた。

狼族は三つの種族の総称で、陸狼《りくろう》族、森狼《しんろう》族、雪狼《せつろう》族がある。

ウルフ種を祖とするだけあって、嗅覚と持久力、チームワークが凄いらしい。

大虎族は、いわゆる大型のネコ科動物を祖とする種族で、とにかく耳がいい。視覚の方は個体差があるらしく、夜目が利く者もいれば、利かない者もいるとか。

小虎族は、小型のネコ科動物を祖とする種族で、こちらも耳がいい。そして、ほとんどが夜目も利くそうだ。

禽族は、鳥を祖とする種族の総称で、いくつも種族があるけどみんな目がいいらしい。遠くから識別できたり、素早く動くものを見分けられたり、捕まえたりできるんだって。

この他に、パワー系の熊《ゆう》族と氂《もう》族の隊員がいて、クレイさんらしいチョイスだよね。

ちなみに、氂族は牛の獣人だ。

祖となる動物はもう絶滅しているそうで、その子孫がホーンヘッドだという説もある。

獣人の能力は凄いが、それを活かせる環境があってのことだと、クレイさんの話を聞いて強く感じた。

それを意識して宝物を配置しないと、まったく見つけられない可能性もあるよね。

例えば、香りの強い花の側に嗅覚で探す宝物は置けないといった感じに、能力を阻害するものがあるかもしれない。

　ということは……宝探しをやる場所もしっかり念入りに調べないとトラブルが起きる！

「会場は離宮にするって言ってたけど、どんな場所なの？」

　ダオがなんとか宮でやりたいって言っていたのは聞いたけど、詳しいことはまだ聞いていなかった。

「ここから一番近い翠閑宮《すいかんきゅう》だよ」

　帝都郊外にあり、何代か前の皇帝が引退後の余生を過ごすために造ったものらしい。

　その後、皇族の療養などに使われていて、庭も広くて宝探しに向いていると。

　何より決定打になったのが、生垣の迷路があるからとダオが教えてくれた。

「迷路があるの⁉」

　そんな面白そうなものがあったなんて！

　ガシェ王国の王宮にも生垣の迷路があるけど、遊びすぎて道順覚えちゃったもんなぁ。

　生垣で作っているので、そう簡単に順路を変えられないし。

「うん。ちょっとした森もあるし、ワイバーンの広場もあるよ」

　敷地は宮殿の半分もないけど、その中にいろいろな要素をきゅっと詰め込んでいるそうだ。

　いや、宮殿の半分と言ってもかなり広いよ！

「じゃあ、下見には獣人さんを連れていってね」

　獣人の能力を阻害するものがあるかもしれないし、子供たちが遊ぶ催しだから安全確認はしつこいくらいしておくべきだと力説する。

「さすがに子供だけで宝探しをするわけではないわよ？　貴族の子供なら世話係を連れてくるもの」

　マーリエの意見に、私はチッチッチッと舌を鳴らし、音に合わせて人差し指を振る。

「なんかむかつくわ、それ」

「甘い！　甘すぎるよマーリエ！」

　むかつく発言はまるっと無視して、マーリエの考えの甘さを指摘する。

「大人が危ないからダメって言っても、楽しそうだったら突っ込むのが子供なの！　親兄弟ならまだしも、世話係の制止を聞くわけないわ！　だから、危ない場所のはあくは重要なのよ」

「……そうね。パウルみたいな世話係はそういないものね。ネマを止めるのがどれだけ大変か、見ていてもわかるわ」

「…………えっ？」

　マーリエさん、私の言葉をちゃんと聞いてた？

　どれだけ万全を尽くしても、子供は思いがけない行動をするから、しっかり調べて対策しようってことなんですけど⁇

「ネマの言う通り、宝探しに夢中になって転けたり、迷子になる可能性はあるよね」

　よかった！　ダオにはちゃんと意図が伝わっていた！

「パウル、子供がとっさに取る危ない行動を知っていたら教えて欲しい」

「畏まりました。使用人仲間からよく聞くのが、高い場所に登っての怪我ですね。庭の木だったり、柵や塀、本棚と、とにかく高い場所に登るそうです。他には、木の実や果実、花といった食べられるものと勘違いして、毒性を持つ植物にあたることも」

　あっれぇぇぇ？　なんか心当たりがあるような⁇

　でも木登りは、アイルにこの木だけにしてくださいって言われて低い木にしか登れなかったし、木の実や花の蜜もアイルに大丈夫って言われたものしか食べてないよ？

　大きくなったら登ろうと目をつけていた庭の木は、森鬼のハンモック用になっちゃったしなぁ。

「もし、宝物を木の上に隠すとしたら、木の種類や高さに注意しないといけないね。あと、庭になっているものは食べないよう禁止事項にするよ」

　まぁ、食べ物は危険だからね。

　日本でも、毒性植物を食用のものと間違えて食べちゃう事故が毎年発生している。

　子供は体力や免疫力の問題で、大人よりも症状が重くなることがあるし、解毒が間に合わなければ命の危険だってある。

　ダオが言ったように、禁止にしてしまうのが安全だろう。

　ただ問題は、禁止にしてもちょっとくらいならって考える子がいるかもしれない点だ。

「ねぇ、ダオ。もし、禁止事項をやぶる子がいたらどうするの？」

「えっ⁉」

　決まり事を破るなんて発想がなかったのか、ダオが凄く困惑している。

「そうだな。皇族主催の席だ。禁を破ったのがたとえ子供でも、何かしらの罰則は必要だと思うぞ」

　クレイさんも賛同してくれたけど、現行の法に照らし合わせると、どんな罰則になるんだろう？

　ライナス帝国の法律には詳しくないので、そこら辺もクレイさんに聞いてみた。

　貴族が皇族主催の宴などで皇族に無礼を働くと、その家門に連なるすべての人が一定期間帝都と宮殿への立ち入りを禁じられる。

　そのため、任されている領地に何かあっても帝国の助けを得られないので、アーマノスの監視下に置かれるそうだ。そのついでに調査も行われるので、後ろ暗いことを隠していればさらなる罰則が与えられる。

　今回の催し物で、離宮の植物を食べてしまったらどうなるのか。

　それが貴族の子であれば、家門が責任を取ることとなる。軍人の子は庶民なので、皇族の所有物を盗んだとして、利き手を落とされることになるのではないか。クレイさんは確かにそう言った。

　ちょっとそれは罰則が重すぎるよ！

「前、へいかが更生しせつがあるって言ってたよ？」

「犯罪者の更生は、罪を犯さなければならないほど追い詰められていた者に対する救済だ。事前に禁止であることを伝え、さらに罰則もあると忠告しても禁を破る者に慈悲は必要か？」

クレイさんの言い分も理解できる。しかしだ！

「ダオの初めての公務でそんなことは起こさせません！　よって、宝探しをする子供の組に監視役をつけましょう！」

もし、その罰則を行ってしまえば、庶民に悪い印象を植えつけてしまうおそれがある。

そうなれば、この催し物自体、意味がないものになる。

「監視役をつけるって誰をつけるつもり？」

クレイさんの問いに、私は自信満々に答えた。

「軍人さんです！　治安いじ、つまり、犯罪を未然に防ぐことも軍人のお仕事でしょう？」

軍人の子供を招待するなら、親だって心配でついていきたいと思うだろう。

公平性を保つために、自分の子供がいるチームを任せることはできないが、少しでも姿を見る時間を作るくらいはできるはず。

そして逆もしかり。親が完全にいない状況よりは、子供も安心できると思うし、働いている姿を見ることができる。

「働く親の姿はかっこいい‼」

「僕も父上と母上が働いている姿を格好いいと思う」

私はダオの言葉に強く頷いた。

めったに見られないから、余計にそう感じるのかもしれないけど。

「そうか……。では、招待する獣人の子は、宮殿防衛部隊に所属している者から選ぶのがいいだろう」

えーっと、宮殿防衛部隊って、確かバルグさんがいる部隊だったよね？

帝国軍に関してはとにかくややこしいので、クレイさんに丸投げしてもいいんじゃなかろうか？

「じゃあ、クレイ様が軍部と交渉役で！」

それでいいよねと、ダオに最終判断を投げる。

「そうか、役割分担！　クレイ兄上、お願いしてもいいですか？」

ダオに頼られるのが嬉しいクレイさんは、二つ返事で承諾した。

「マーリエは、招待する貴族の子供たちの名簿を作ってくれる？」

マーリエも即座に承諾する。

そして私は、クレイさんの警衛隊の獣人からの聞き取り調査をお願いされた。

「ネマは生き物に詳しいから、獣人のことも詳しいでしょう？」

「はい、喜んで！」

正直、獣人に関してそこまで詳しいわけじゃない。

祖となる動物のことを知っていれば、そこそこわかる程度だ。

しかーし！　いろんな獣人に会うチャンスを逃す私ではない‼

「僕は、翠閑宮の下見に行ってくるね」

ダオが一人で行くのかと、マーリエが心配そうに問いかける。

「ちゃんと警備隊は連れていくよ。マーリエとネマも参加するんだし、当日までの楽しみに取っておいて」

私たちのことまで考えてくれているなんて！　ダオはなんていい子なんだ！

「でも、手伝えるところはちゃんとお手伝いさせてね」

初めての公務ということで張り切っているのもわかるけど、頑張りすぎて体調を崩したりしないか心配になる。夜遅くまで作業しちゃったりしてね。

「うん、ありがとう」

「みんなお願いしたことの進捗を、五日後にまた話し合いをしよう」

◆◆◆

早速、次の日から行動開始！

まずは、クレイさんから隊長さんと副隊長さんを紹介された。

「本日は狼族の隊員を集めております」

「よろしくお願いします」

クレイさんはお仕事するのかと思いきや、私の聞き取りに同席するらしい。

隊員さんが緊張しないといいけど……。

クレイさんの部屋の応接室に、狼族の隊員さんたちが入室する。

おぉ！　期待通りのお耳‼

人数は八名。多いのか少ないのかはわからない。

「ネマはわかると思うが、右から陸狼族、森狼族、雪狼族だ」

ふむふむ。被毛色が薄い茶色というか黄色っぽいのが陸狼族で、濃い茶色が森狼族で、真っ白なのが雪狼族ね。

こうして見ると、森狼族は他の二種族と比べると体つきが小振りに感じるな。

「では、みな様に質問させていただきます！」

ちゃんと聞きたいことは紙に書いてきた。

獣人さんたちの回答は、スピカが書き写してくれる。

「一つ目は、好きなにおいはどんなにおいですか？」

全員が肉のにおいと答えた。肉食だねぇ。

しかし、好きな食べ物はと聞くと、顕著《けんちょ》に個人差が現れる。

生焼けの肉だったり、魚だったり、果物だったり。

やっぱり味覚は育ってきた環境の影響が強いのだろう。

次に、嫌いなにおいを聞いてみた。

すると、面白いことに、ある種の果物や薬草のにおいが嫌いだと言う。あと香水。

とにかく、香りが強く、刺激があるものが嫌いだと判明した。

こちらの犬であるハウンド種と彼らの祖先であるウルフ種も、これらのにおいが苦手だ。

嫌いな食べ物も同様で、極端に刺激があるもの、酸っぱい、からい、苦いものが嫌い。特に、陸狼族は全員、野菜全般が大嫌いだと、告げる声にも力が込められていた。

「嫌いな音とかありますか？」

犬は嗅覚が優れているが、聴覚も発達している。

なので、ちょっと気になって質問してみた。

「でっかい音は苦手ですね」

「火の魔法が着弾するときとか、風の魔法も何気に音でかいよな」

「竜種の咆哮。あれを聞いたらこう、ひゅってなる」

そう告げた瞬間、その獣人さんは隊長さんから叩かれた。

「雑な言葉を許していただいているとはいえ、言葉は選べ」

私の判定ではギリセーフだけど、聞かなかったことにした方がいいみたいだね。

話は戻して、彼らに子供のころどんな遊びをしていたかを聞いてみる。

これが一番重要な質問だ。

「やっぱりオーグルごっこが多かったよな？」

「今でもたまに訓練でやるしな」

この場合のオーグルごっこは、鬼ごっこの方だろう。

我が家のオーグルごっこは、みんなでオーグル役を倒すやつだからちょっと違う。

「最後まで走ってた奴が勝ちとかやらなかったか？」

誰しもがやっていたと答える。

狼族の中ではポピュラーな遊びなのかもしれないけど、帝都出身は宮殿外周を一日中走ってたとか、地方出身は山の麓から頂上までをひたすら往復してたとか、人間側はドン引きですよ。

「じゃあ、子供の頃に危ない目にあったことはありますか？」

「危ない目と言えば……熊族の友人と喧嘩して家の下敷きになったことですかね」

とんでもない回答なのに、数人があぁっと声を揃えて納得していることにびっくりなんですけど！

獣人同士の喧嘩って、子供でも家を全壊するレベルで暴れるの⁉

「二の姫様、こいつらは家の主柱を壊したんで、下敷きになるのは当たり前です」

隊長さんは詳しいことを知っているみたいだけど、主柱って言ったら大黒柱じゃん！　そりゃあ、家も壊れるよ！

「子供の力はそんなにないのに、なんでか加減が難しいんっすよ」

遊びを通じて、体の使い方、力の加減を学んでいくのも、動物と同じか。

まぁ、人間の子供も遊ぶことで体力がつくし、いろいろ経験して学ぶもんなぁ。

狼族の次は禽族の獣人さんたち。

とは言っても、二人しかいないんだよね。

飛翔能力がある鳥の獣人と、フリエンスの獣人はどこの部署でも取り合いになるので、なかなかスカウトを受けてくれないらしい。

でも、皇族を守る警衛隊は、望んでも得られない人が多いくらい人気職なのにと疑問だったが、獣人には不人気なんだって。

　理由は一つ。

　飛竜兵団を除いて、一番ワイバーンと一緒に活動する機会が多いから。

　特に禽族や翩《へん》族の獣人は、ワイバーンと一緒に飛行しなければならない状況があるかもしれない。

　自分が仕える皇族が皇帝になろうもんなら、ワイバーンがもれなくついてくる。それゆえに不人気なんだって。

　なんか、そんなことを言われると、人間の本能がバグっているようにも思えてくる。

　生き物の頂点にいる竜種を、ある意味利用しているんだし。

　応接室にやってきた禽族の獣人さんは、とにかく美しい！　翼が‼

　一人は深い緑の羽が美しい鵡《む》族の女性、もう一人は青い羽が輝いている鷸《いつ》族の男性。

　この翼の美しさを見たら、鳥の獣人たちを取り合いする気持ちがよくわかる。

「二の姫様、お会いできて嬉しいです」

　お二人はおっとりと上品な仕草から、貴族出身の獣人なのかもしれない。

　早速、狼族と同じ質問をしてみる。

　まず、好きなにおいと嫌いなにおい。

　好きなにおいは花の匂いや甘い匂いを好み、嫌いなにおいは腐った臭いだと返ってきた。

　鳥の獣人の嗅覚は、人間と同じくらいかもっと鈍いそうだ。

「よく鼻が詰まっているのかと聞かれて困ると、嘆いている友人がいます」

ことあるごとに、そんなことを聞かれるのは嫌だなぁ。

次に、好きな食べ物と嫌いな食べ物。

お二人とも、甘いお菓子や果物が好きでお肉が苦手らしい。

だけど、ここでも面白いことが聞けた。

鳥の獣人は種族によって、食べ物の好みがまったく異なるのだとか。

猛禽類を祖とする種族は肉や魚を好むし、逆に野菜や果物しか食べない種族もある。その中で個人差もあり、木の実をポリポリしている人もいれば、干し肉をしゃぶっている人もいるそうだ。

獣人の食文化、ちゃんと調べたら面白いかもしれないね。

「子供の頃は、オーグルごっこもしましたし、誰が速く飛べるか競争もしていました」

こちらの世界では鬼ごっこが大人気だな。

やっぱり、本格オーグルごっこの導入を本気で考えてもいいかもしれない。

「危ないことと言えば、飛んでいる最中に翼を痛めて墜落しかけたことですかね」

墜落という言葉に、私はひぇってなった。

なんでも、禽族の子供に多い事故なんだとか。

飛行するための筋肉が十分に発達しきっていないときに、動物の鳥のように飛びたいと無茶な飛び方をするから。

「わたくしたち禽族は祖となる動物と異なり、人の部分が多いでしょう？　ですから、本物の鳥のように空を飛ぶことはできないのです。グライホークの方が速いくらいです」

本物の鳥と比べると、その差は歴然なのだそう。

禽族の多くは、小型の鳥を祖とする種族らしく、高高度は飛べないし、長距離飛行も苦手だし、速度もさほど出せないんだとか。

つまり、地球で言うところのスズメやハトみたいな感じかな？

じゃあ、小型鳥類以外はというと、速さを誇る鳥を祖とする獣人は、他の鳥の獣人より少し速く飛べるくらい。長距離を飛び続ける渡り鳥を祖とする獣人でも、ちょっと長く飛行できるくらいでしかないらしい。

「ですが、僕たちの目だけは他の獣人にも負けません。よく、見えている世界が違うと言われるほどです」

そういえば、地球の鳥は四色型色覚を持っていて、花の色など見えている色が人間とは異なる、みたいな研究があったな。

だから、雄と雌で羽の色が違う種類が多く、鮮やかな色で雌を惹きつけるんだって。その代表例がクジャクなわけだが、じゃあ、雌のクジャクにはあの飾り羽はどう見えているんだろう？

ちょっと鳥の獣人さんを連れて、獣舎の鳥の色がどう見えているのか聞いてみたいな。

いや、ライナス帝国に動物園あるよね？　聞いたことないけど、あったら『獣人と行く、あなたの知らない動物の世界！』って見学ツアーやって欲しい‼

この日以降も、たくさんの獣人たちとお話しできて、楽しい毎日だったんだけど……。
まだ準備の段階なのに、トラブルは私の方に起きた‼

13 催しにはトラブルがつきものだけど……。

お兄ちゃんからの手紙には、無情なことが書かれていた。

ディーをそちらに送ることができなくなったと……。

「なんでぇぇぇ……」

しかも、森鬼も帰ってこない。

レイティモ山の魔物たちのお引っ越しは決定事項となり、森鬼は移住先までついていくことにしたそうだ。

お引っ越しする群れのボスは守鬼《しゅき》に決まり、彼の強い要望があったとかなかったとか。

守鬼、森鬼のことが大好きだもんねぇ。私が連れ出しちゃったから、側にいるチャンスを逃したくないってことなんだろうけどさ。

「シンキがおらず、ディーも来られないのでは、交流会への参加を見送られた方がよろしいかと」

「なんでぇぇぇぇ……」

パウルの言葉で、ついに涙腺が緩む。

森鬼もディーもいない、さらに交流会の参加を取りやめろとは、私にとどめを刺す気だな！

「しかし、精霊の力が借りられない状況では、ネマお嬢様の警備に不安が残りますので。子供が多くいる場所では、ウルクも連れて歩けないでしょう？」

そうだった……さすがにウルクがいたらみんな怯えちゃう。宮殿の人たちはプロだから、顔や態度に出したりしないけど、子供はそうもいかないよねぇ。

というわけで、私の警備面の問題を解決できない限り、子供交流会に参加不可となってしまった。

お兄ちゃんにヘルプを求めたけど、お兄ちゃんも王都にいられる状況ではないため、ディーが許してくれないらしい。

王都にいないのなら、ディーがこちらに来られないのも納得。

お兄ちゃん、どこで何しているの⁉

「パウル、一生のお願い！　なんとか交流会に参加できるようにして欲しい！」

「一番簡単なのは、聖獣様のお力をお借りすることですが……」

聖獣か。まず、ソルは無理だな。ソルがライナス帝国内に入るのを、ユーシェたちが嫌がる。同じ理由で風竜さんも難しいだろう。

じゃあ、ユーシェやサチェにお願いするしかないのだが、比較的近くとは言え、宮殿から離れたがらないかもしれない。

「とりあえず、お願いしてみるだけしてみよう。へいかと先帝様にお手紙書くわ」

カイディーテを除外しているのは、カイディーテは今、皇太后様とラブラブ休暇を満喫中だから、邪魔したら怒られる。

「わたくしの方でも、クレイリス殿下にご相談して検討してはみます」

パウルが懸念しているのは、風の精霊による情報収集と伝達が使えなくなることなんだと思う。

なので、最悪、エルフからの協力を得られれば……。

うーん、捜査班のみんなにお願いできないかな？


二回目の話し合いはすぐにやってきた。

「ネマ、交流会に参加できないかもしれないって本当？」

「うん。森鬼がしばらく戻ってこられそうになくて、パウルがごえいに不安があるからって……」

ダオの部屋に入って早々、ダオに詰め寄られたので正直に話す。

ウルクが側にいれば、パウルも折れてくれる可能性はあるが、交流会のことを考えると無茶はしたくない。

「シンキの代わりになる、精霊術が使える獣人は帝国軍にいないのかしら？」

マーリエが案を出してくれるが、二人は森鬼が魔物だということを知らないので、精霊術が使える獣人もいると思っているようだ。

残念ながら、さすがの帝国軍にも精霊術を使える獣人はいない。

「そこはパウルとクレイ様がどうにかしてくれると思うから、私たちは話し合いを進めましょう」

今日は話し合いの日ではあるが、パウルとクレイさんは軍部との会議に出席している。申し訳ないけど、今は二人にお願いすることしかできない。

「そうね。ネマが参加できると信じて、楽しいことを考えましょう」

場の空気を変えようと、マーリエが少しはしゃいだ声を出す。

「マーリエ！　好き！」

なんだかんだ言って、私のことを心配してくれるツンデレなマーリエが大好きだ。

マーリエは抱きついた私をそのままにして、ダオの方へ話を振る。照れくさくて、上手く返せなかったとみた。

「じゃあ、今日は宝物を何にするか決めよう」

ダオの進行で今日の話し合いは始まった。

宝物をそのまま隠すよりも何か箱に入れた方がいいとか、組に分けるのなら勝ち負けがあった方がいいとか、たくさん意見が出る。

「宝物の箱にお菓子入れたい！」

私の要望はこれに尽きる！

美味しいお菓子が手に入るなら、歩きっぱなしでも頑張れるよ！

「相変わらず、食い意地が張ってるわねぇ」

でも、お菓子はやる気の原動力じゃん！　子供はみんな大好きだぞ！

「お菓子を入れるのはいいと思う。ネマが言っていた、嗅覚が優れた獣人が見つけやすいだろうし」

　ダオが賛同してくれたので、宝物にお菓子を入れることが決定した。

　その流れで、聴覚と視覚が優れた獣人向けのものは何かっていう話になったんだけど。

　これがパッとは思いつかないんだよなぁ。

「聴覚がいいなら、音が出るものを入れるかつけるかしたらいいじゃない」

「マーリエ、音が出るものでもらってうれしいものって思いつく？」

　私が逆に問いかけると、マーリエは確かにそうね……と黙り込んでしまった。

　音が出ると言えば楽器だが、さすがに笛とかカスタネットとかじゃ鳴らすの無理だし。

　鳴らしやすいのは鈴だけど、鈴を欲しがる子供はかなり少ないと思う。

「ねぇ、宝物の箱自体が音を鳴らさなくてもいいんじゃないかな？　まずは音の近くを探すよね？　だから、音が出るものの周りに宝物を置くのはどうかな？」

「それだ！」

　宝物自体から音が出るものじゃないと、って思い込んでたわ。思い込みって恐ろしい。

「それなら、お菓子だけじゃなくて、仲良くなった子たちで遊べる玩具とか入れたいな」

「いい考えね！」

　少人数で遊べる玩具って何？　積み木？　ジェンガ？　そもそも、宝物の箱に入るのだろうか？

　でも、獣人の子供たちがいるなら、体を動かせるような遊びがあってもいいと思う。

「水の玉はどうかな？」

下級の水魔法の一つである水の玉だけど、実は同じ名前の遊びがある。

ある植物が枯れると小さな袋みたいのを残す。その袋には伸縮性があって、水を入れることも可能だ。その袋を指にはめて水魔法で水を出すと、あっという間に水風船ができる！

そして、その水風船を投げ合って遊ぶのだが、着弾すると破裂して水が飛び散るさまが魔法の『水の玉』に似ているのでそう呼ばれているらしい。

「水の玉？　魔法の？」

ダオとマーリエは存在自体を知らなかった！

まぁ、庶民の遊びなので、知らなくても無理はないが。

ちなみに、我が家では庭師のアイルがその植物を個人で育てているので、よく一緒に遊んでた。

アイルは接待遊びなんてしてくれないから、いつも全身びしょびしょになって、パウルに怒られるまでがワンセットだ。

実物は後日見せるとして、水風船もどきを説明すると、ダオが興味を持ってくれた。

ダオ、何気に水遊びが好きだよね。ウォータースライダーのときもノリノリだったし。

「食べることと遊ぶことに関しては、本当に熱心よね。市井の遊びまで知っているとは思わなかったわ」

我が家の使用人たちからも、庶民の遊びとかいっぱい教えてもらったんだよね。

すべては魔物っ子たちと楽しく遊ぶためだ！

「それで、玩具の方に話がそれてしまったけど、視覚が優れた獣人向けはどうするの？」

「それはちょっと考えがあるんだけど……」

私が鳥の獣人たちと話をしていて気づいたことを二人に説明する。

鳥の獣人の視覚は、動体視力とか細かなものをはっきりと見ることができるとかの目がいい他に、人間よりも色鮮やかな世界を見ているのではないか。

ならば、緑や茶色の中に赤や黄色といった目立つ色があれば、鳥の獣人はすぐ見つけられるはず。

つまり、宝物の箱自体を派手にしようってことだ。

「箱自体が目立つから、貴族の子供も見つけやすいと思うの」

鳥の獣人向けはちょっと難易度を上げて、木の枝に吊るすとか、花がいっぱい咲いている中に隠すとかね。

「今さらだけど、隠す場所の傾向を知っていたら、わたくしたちが見つけてしまうわ」

「でも、木の枝に宝物があると知っていても、どの木なのかわからないでしょう？　一本一本探すつもり？」

隠す場所の傾向を知っていたら有利だと思う気持ちもわかるが、大雑把《おおざっぱ》すぎてあまりあてにならないよ。

中に入れるもの、箱の外見が決まったところで、箱そのものの形をどうするかという話題に移る。

　ダオも四角だとありきたりだから、思い切って違う形にしたいと言い出した。

　もし、木の枝に吊すことになるなら、四角だとバランスも悪そうだよね。

「丸い形はどう？　鮮やかな色なら、きっと可愛いわよ！」

　そう言われて思い浮かんだのは、クリスマスツリーの丸いオーナメント。いっぱい宝物を木に吊したら、大きなクリスマスツリーになってしまいそうだな。

　丸い形の箱といえば、お姉ちゃんが持っている小物入れに、たまご型のものがあったのを思い出す。

　お祖母ちゃんの形見で、お姉ちゃんは凄く大切にしている。

　たまご型の小物入れのことを話すと、マーリエが食いついてきた。

　なんか知らないけど、有名なお店の有名な職人の作品ではないかって。

　曾祖父ちゃんの話はよく耳にするが、お祖父ちゃんとお祖母ちゃんの話はたまにしか聞かないので、有名なものなのかわからない。

　帰ったら、お姉ちゃんに聞いてみることにしよう。

　お姉ちゃんが帰ってきて、今日の話し合いのことを話した。

「よかったら、マーリエさんをこちらに招待したら？　貸すことはできないけど、部屋で眺めるだけならいいわよ」

「ほんと！　おねえ様、ありがとう！」

いっぱい感謝を伝えるため、お姉ちゃんの腰に飛びついた。

心配になるくらいウエストが細いんですけど！

夕食のおかず一品、お姉ちゃんにあげようと心に決めた。

「おねえ様、おばあ様ってどういう人だったの？」

「ネマは肖像画のお祖母様しか知らないものね」

お姉ちゃんは少し淋しそうに私の頭を撫でる。お祖母ちゃんを思い出しているのかな？

「お祖母様は、誰しもが認める貴婦人でしたわ。お祖父様を支え、ときには諫め、お祖父様の代わりに領地の代主《だいしゅ》たちを掌握する。領民のためなら汚れることも厭わない、とても素晴らしい女性よ」

なぜだろう？　お祖父ちゃんが尻に敷かれていたようにしか思えないのは……。

それとも、パパンのように好んで尻に敷かれているとか？

……お祖父ちゃんが宰相の仕事に専念できるよう、お祖母ちゃんの献身だった、ということにしよう。

◆　◆　◆

マーリエに、お姉ちゃんが見るだけならいいよって許可くれたよってお手紙出したら、すぐに見たいと返事が来た。

なので、今日は私の部屋で話し合いだ。

「うわぁ、素敵！」

触るのが怖いので、お姉ちゃんの小物入れはパウルに持ってきてもらった。

「やっぱり……」

くるくるとテーブルを何度も回って、その小物入れをじっくり観察したマーリエが納得いったと深く頷いた。

「八十巡前くらいに流行った、ムアールの意匠だと思うわ」

うん、知らん！　それに、八十年前ならお祖母ちゃんも生まれてないと思う。

「マーリエ様、よくご存じですね。こちらはライナス帝国の老舗装飾店ムアールのレイア作の一点ものです」

パウルはこの小物入れの詳細を知っていた。

なんでも、お祖母ちゃんのお母さんが、婚約中の夫から初めてプレゼントされたものなんだとか。

確か、お祖母ちゃんはディルタ家所縁の伯爵家のご令嬢だったような……。

一生懸命、我が家の家系図を思い出そうとするけど、家名までは思い出せなかった。

「箱の形、これに似せましょうよ！　宝石をつけるのは無理でも、硝子とかでキラキラさせても可愛いと思うわ」

考えが女の子だなぁ。私、不器用だから、デコるのとか苦手だったよ。

「飾りは難しいかも。隠すから汚れるだろうし……」

「そっか……」

ダオが装飾をつけること自体に難色を示すと、マーリエは酷く残念がる。

「今度、粘土で作ればいいじゃない。マーリエの好きなように飾りつけできるよ？」

私なりに励まそうとしたら、そういうことじゃないと怒られた。

「職人が作るからこそ素晴らしいの！」

「それなら、ダオに買ってもらうしかないね」

ちょっと意地悪な言い方になってしまった。

だけど、お祖母ちゃんの話を聞いたあとだからか、マーリエはダオを見て顔を真っ赤にする。

ダオとの結婚を想像したのかな？

ダオもマーリエにつられて赤くなってるし……早く付き合っちゃえよ！

それから、アイルから送ってもらった水風船もどきも見せる。

ダオが実際にどんなふうに遊ぶのか試してみたいと言ったので、お庭に出てやってみることにした。

今日当番の警衛隊員が、水魔法を使える人でよかった。

「地面に向かって投げるだけですよ？」

「パウル、諦めが肝心よ」

それだけで終わるわけがないのは、パウルも察しているだろうに。

それに、水魔法が使える人がいれば、濡れても乾かしてもらえるから問題なし！

警衛隊員さんに水風船もどきを渡す。

彼も懐かしがっているので、子供のときに遊んでいたようだ。

慣れた手つきで人差し指に水風船もどきをはめ、無詠唱で魔法を発動させ、パパッと口を結ぶ。

「うわっ、本当に水で膨らんでいる……」

ダオは手のひらの上で、水風船をぷるぷる震わせて遊んでいる。と思いきや、めっちゃ腰が引けてた。

その間にも、警衛隊員さんは水風船もどきを生産してくれており、私とマーリエにも渡される。

「これを、こうすると……」

その渡された水風船もどきを、思いっきり地面に向かって投げる！

バシャッと気持ちがいい音がして、水風船もどきは割れ、地面に生えていた草が濡れた。

空いた手に再び載せられる水風船もどき。

さて、次は……お前だっ！

渾身の力を込めて、水風船もどきを投げた。

が、水風船もどきは目標に当たることなく地面に落ちて割れた。

「……ネマお嬢様、お下手ですね」

くそぅ！　しれっと避けたな‼

まぁ、今まで当たったことがないので、九割は避けられると思っていたけど。

「パウル、ここはあえて当たるべきでしょう！」

ダオとマーリエに、こんな遊びだよってお手本を見せているんだから、命中しないと意味がない。

「お嬢様の水の玉に当たるのは難しいかと存じます」

潔くノーコンって言えばいいのにパウルめっ！

「ダオルーグ殿下とマーリエ様は、こちらをご使用ください」

そう言って、地面から出現させたのは的。

最初から用意してくれればよかったのになー。そしたら、パウルを狙うこともなかったのになー。

ジト目で睨むも、パウルは素知らぬ顔だ。

「おにいさん！　それ、ありったけ作っちゃって！」

こうなったら、ストレスを発散じゃー‼

三つ目と四つ目の水風船もどきを受け取り、パウルが作った的に苛立たしい気持ちを込めてぶん投げる！

結局、最終的には私もダオもマーリエも、みんなびしょ濡れになっちゃった。

パウルのもくろみは見事に外れたわけだ。残念でした！

その後、何度も話し合いが続いたわけだけど、お菓子の味見とか、宝物を入れる箱のサンプルとかが出来上がってくると、本当にイベントを主催しているんだなぁって気分になる。

警備面については、クレイさんとパウルが、軍部の方と何度も会議をして警備計画を細かく詰めているようだ。

でも、毎回変更内容が伝えられるので、私が参加できなくなる不安はいまだ解消されない。

パウルが参加しても大丈夫ですって言ってくれないからね。

そうそう。陛下と先帝様からは、交流会当日、精霊による監視を強化することと、サチェとユーシェの名前を呼べばすぐに駆けつけるとの約束に留まった。こればかりは仕方がないよね。

そんな状況でも、ダオに頼まれたことは完遂せねばならぬと、招待する獣人の種族の選別に入る。

基本は地球でいうところの哺乳類を祖とする種族と、鳥を祖とする種族を中心に選んだ。

バルグさんに聞いたら、爬虫類系の獣人は苦手とする貴族も多いから、慣れていない子供にはきついのではないかと言われてしまう。

確かに、爬虫類は上級向けだと自分でも思うので、今回は見送ることにした。

交流会が定着すれば、爬虫類系の獣人を招待した会を開けるはずだしね。

みんなでああでもない、こうでもないと言いつつ、何かをやるのって楽しい！

開催日も決まり、マーリエが選出した全員に招待状を送る。

だけど、最後の最後まで、警備面については会議や下見を繰り返していた。

パウル、前日にやっぱりダメでしたとか言わないでね。とどめを刺すときは早めにお願いします。

14 いっぱい楽しむぞ！

よかったぁぁぁ！　無事にパウルからのお許しが出て、やってきました子供交流会の日！

帝都郊外に向かうからと、パウルはピリピリモードだったけど、何事もなく無事に翠閑宮に到着。

私とマーリエは参加者だからと、ダオは一度も下見を許してくれなかったので、初めて訪れる。

ダオが言っていた通り、庭がとにかく広い！　それなのに、離宮の建物自体はこぢんまりとしているのが意外だった。

まぁ、まったり余生を過ごすなら、広すぎる屋敷は不要ってことなんだろうな。

私の馬車は表の馬車停めではなく、今日のために設けられた警備用の荷馬車を停めるところで停止する。

ここでウルクや魔物っ子たちを降ろすのだ。

さすがにウルクと稲穂は子供たちが怖がると思うし、星伍と陸星も交流会の趣旨を考えると連れて歩かない方がいいと判断した。

なので、今日は白とグラーティアが私にくっつき、パウルにノックスと葡萄《ぶどう》を預けるという変わった編成になっている。

ここで降ろされた子たちは、顔見知りの警衛隊員が宝探しエリアに連れていく。

魔物っ子たちはこれから、宝探しをする子供たちから隠れながら、警備のお手伝いという名の自由タイムを過ごす。

お留守番させることも考えたんだけど、宮殿を離れるなら万全にと、パウルが考えた苦肉の策だ。

もちろん、スピカと海《かい》も護衛要員として私に同行する。

緊急時の連絡は、ダオの警衛隊のエルフが行ってくれるそうだが、やっぱり森鬼がいない穴は大きいな。

建物に近い庭の一部に、ガーデンパーティーのようにメイン会場が設置されていて、すでに子供たちの姿があった。

動きやすい服装という指定をされているので、お茶会のような雰囲気とは異なっている。

ズボン姿の女の子の獣人もいるね。ふさふさの尻尾が楽しげに揺れているのが可愛い。

つい、獣人の子供たちに目が行ってしまうが、まずはダオを探した。

「ダオルーグ殿下、本日は招待いただきありがとうございます」

主催であるダオに挨拶すると、ダオは少し照れながら挨拶を返す。

「ネフェルティマ嬢、ようこそ交流会へ。楽しんでいただけると嬉しいです」

お互い取りすました態度に、どちらともなく笑い合う。

「ネマの席はこっちだよ」

いつもの態度に戻ったダオだけど、私をエスコートして席まで案内してくれた。

テーブルはすでに埋まっていて、私が最後だった。

このテーブルに座る子たちが、今日一緒に宝探しをするチームとなる。

ちなみに、マーリエとは別チームなのだが、これもダオが決めた。交流会なんだから、知らない子と組んだ方がいいって。

ダオにお礼を言って着席すると、視線が集まる。

「知っている者もいると思うけど、彼女はガシェ王国から来られているネフェルティマ・オスフェ公爵令嬢です。まだ、こちらの文化に慣れていないところもあるので、いろいろ教えてあげて欲しい」

ダオがわざわざ紹介してくれたのは嬉しいけど、そんなにライナス帝国に馴染んでいない感じが出てるのかなぁ？　なんかこう……引っかかるような??

そんなことを顔に出すわけにはいかないので、令嬢スマイルを貼りつけて乗り切る。

そして、ここでようやく気がついた。知っている子がいるじゃないかと！

「ミーティアさん！」

「ネマ様、覚えていてくださり、とてもうれしいです」

ダオの交遊会で一緒になった獣人の女の子。

貴族の子供たちにいじめられていたのを助けたのが出会いだった。

そういえば、いじめていた子たちも参加しているはず……。

「あ、おにいさんの方！」

「ルネリュース様です」

名前が出てこないけど、お兄ちゃんだったことは覚えていたので、つい言っちゃった。

パウルが耳打ちで教えてくれたが少し遅かったよ。

「……ダオルーグ殿下の交遊会では、大変失礼いたしました。ベーグル侯爵家嫡子のルネリュースと申します」

なんか美味しそうな家名だね。名前より、家名で覚えちゃいそうだ。

「あのときは、私の方からお願いしたことですので、お気になさらないで」

だから、変わらず仲良くしようって気持ちを込めたけど、伝わったかな？

「今日は妹さんも参加されているの？」

「はい。ルネステルはあちらの席に……」

彼が示した方のテーブルを見ると、マーリエがいる席だった。

というか、うさ耳の男の子がいる‼

よく見ると、あちらの席の男の子はみんなプルプルしてないか？　人間の男の子まで縮こまっているってことは、女の子の圧が凄いのかな？

私のテーブルは、今のところ平和だ。

ミーティアちゃんは貴族で、小虎族の獣人だと教えてくれた。子猫っぽい感じがしていたので、凄く納得！

残り二人の獣人は軍人さんの子で、熊《ゆう》族の女の子と鸇《せん》族の男の子。

熊族の女の子は、アイリーナちゃん。ヒグマのような濃い茶色のお耳が可愛らしい。

好奇心が強いのか、あっちこっちに視線を向けては楽しそうにしている。

鸇族の男の子は、ユアン君。とにかく灰色の翼に目が行く。格好いい！　あとで翼を広げた状態を見せてもらおう！

この獣人三人、人間三人の六人一組で宝探しを行う。

貴族の人間の子供は、私とルネリュース君の他にもう一人。子爵家のフェリス君。

彼はおっとりしているのか、自発的にしゃべったりせず、お茶を飲みながら聞きに徹していた。

全員が席に着くと、拡声の魔法を使ってダオの挨拶が始まる。

本当に皇子様らしくなったなぁと、しみじみしてしまったよ。

ダオの成長は、ルネリュースたちも感じたようで、雰囲気が変わられたと言ってくれた。

ダオの挨拶の次は、宝探しのルール説明。

テーブルに座っているメンバーが組となるのだが、テーブルには2と書かれた札がある。つまり、私たちは二組。マーリエの席は一組だったな。

それから、全テーブルに一枚の紙が配られる。

今日、子供たちが移動できる範囲を記した地図だ。危険な場所や防犯上の立入禁止エリアを赤く塗り潰してあった。

「この庭園内に、このような形をした箱がたくさん隠されています。皆様のお席にも見本を飾っていますので、しっかりと覚えてください。中にはちょっとしたものが入っておりますが、この催しのために作られた特別な硬貨を集めてください」

ルール説明をしてくれている司会役が、手に持っているものを大きく掲げた。

丸い楕円形の箱。私とマーリエが一押しした、たまご型の箱だ。

その中に、お菓子や玩具が入っていたりいなかったりする。でも、必ず入っているのが、司会役も言っていた特別な硬貨。

ロスラン計画で忙しいなか、鍛冶組合の皆さんが作ってくれた記念硬貨なのだ！

その硬貨を一番集められたチームが優勝となる。

「また、優勝した組にはなんと！　皇帝陛下直々に報奨が授与されます！」

なんですと!?　私、初耳なんですが??

私と同じく、他の子供たちもとても驚いていた。

貴族の子供でも、陛下に謁見できる機会なんてそうそうないし、庶民の子供ならなおさら遠い存在だ。

陛下は、ルイさんみたいにお忍びもできないしね。

「ということは、せいじゅうさまにもおあいできる！」

ミーティアちゃんが興奮ぎみに言うと、アイリーナちゃんとユアン君も目を輝かせる。

「じゃあ、優勝できるようがんばろうね！」

「はい！」

みんなの興奮が収まったところで、各チームの監視を担当する軍人さんがすべてのテーブルにやってきた。

「あ、とうちゃんがいる！」

「わたしのお父さんもいる！」

各テーブルの獣人の子供たちは、自分の親を見つけては楽しそうな声をあげた。

「この組を担当いたします、レイリウス・ジュダ・エグラルゼンと申します」

パウルが根回ししてくれたおかげで、宮殿防衛部隊以外に諜報部捜査班のエルフたちも加わってくれることになったのだ！

「レイリウスさん、よろしくお願いします！」

風の精霊と仲良しなエルフの種族はみんな背が高いので、子供たちがポカンと見上げているのが面白い。

このメンバーなら楽しく宝探しできそうな気がしてきた！

◆◆◆

「なんか甘いにおいがする」

熊族のアイリーナちゃんが、木陰に入ったところで周囲のにおいを嗅ぎ始めた。

「こっちかな？」

アイリーナちゃんのあとをついていき、鸇《せん》族のユアン君が声をあげて指を差す。

「あった！」

藪の根元に埋めるように隠してあった宝物を、開始十分もしないうちに発見した。

「すごい！　さっそく開けてみましょう！」

ユアン君が藪の中から宝物を取り、みんなで輪になって箱の中を見つめる。

「お菓子だ！」

「これ、食べてもいいの？」

アイリーナちゃんはレイリウスさんに確認する。

「はい、食べながら宝探しをしてもいいし、見つけたものをあとで分けるのも自由ですよ」

お菓子といっても小さな飴なので、最初の勝利品は今味わうことにした。

「おいしい！　こんなあめ、食べたことない！」

ミーティアちゃんが耳も尻尾もピンッと立てて、全身で感動を表現する。

「本日のお菓子は、宮殿の職人が腕によりをかけて用意したと聞いています。よかったですね」

飴をみんなで分けると、箱の底に硬貨があった。

これか！　実は、現物を見るのは初めてなんだ。ほんと、全部がギリギリな状態で、今さらながらよく間に合ったと思うわ。

「よーし！　じゃんじゃん見つけるぞー！」

私が景気づけに、えいえいおーと腕を突き上げると、アイリーナちゃんとユアン君が乗ってくれた。

それに続いてミーティアちゃんも加わると、フェリス君とルネリュースがおそるおそるといった感じで加わる。

こういうノリに慣れていないだろうに、付き合ってくれて優しい子たちだ。

みんなで仲良くおしゃべりをしながら、宝物を探すために周囲を注意深く調べる。

「そういえば、我が家でカーギーを飼い始めたんだ」

ルネリュースが、木の上を調べていた私に話しかけてきた。

「カーギーを⁉　まだ小さい？　お散歩したりする？」

コーギーに似た名前だけど、見た目はすっごくミニチュアダックスフンドなカーギーは胴長短足がとってもぷりちーなわんこだ。

私の食らいつきに少々驚いたルネリュースだったが、聞いたことにはすべて答えてくれた。

ダオの交遊会ののち、星伍と陸星のもふっぷりが忘れられない妹さんがご両親におねだりしたんだって。

それで、子供でもお世話ができそうな小型犬ならとお許しが出たと。

「最初は本当に小さくて、歩くのも下手だった」

「一番かわいい時期！　大きくなってもかわいいけど、小さいときにしかめでられないかわいさっ！」

成体の子なら、タッタッタッタッて軽やかに駆けることができるが、子犬はまだ体が上手く動かせなくて、タッタタテッてよろめいたりしちゃうよね。そして、そのままコテンッて尻餅ついたり……想像だけでも可愛いわぁ。

「俺はまだ散歩には連れていったことはないが、妹が休みの日に連れていってる」

「妹さんのためにがまんしているのえらいね。でも、お散歩に行きたいって言ってもいいと思うよ？」

　せっかく新しい家族が増えたんだから、ルネリュースもふれあう時間欲しいよね。

「でも、妹が可愛がっているし……」

「ルネリュースだってかわいがりたいでしょ？　いっしょに遊べばいいんだよ！　妹さんもおにいちゃんといっしょだとうれしいに決まってる！」

　異性の兄弟と遊べる時間なんて限られているんだぞ。今遊ばなくてどうする！

「そっか。一緒に遊ぶことは考えていなかった」

「私のおにい様もおねえ様も、私とたくさん遊んでくれるわ。前にも言ったけど、家族といっしょにいられる時間は限られているから、今を大切にしてあげて」

　ミルマ国で過ごした家族の時間は、とても素敵な時間だった。

　ちょっと前までは当たり前だった時間なのにね。

「女の子と遊ぶって、どうしたらいいんだ？」

「今日、みんなに教わればいいじゃない。みんな、ルネリュースが相談したいことがあるって！」

　みんなに集合をかけて、妹と遊ぶには何をしたらいいかを話し合う。

「おれの妹は、おままごとに付き合うだけでも喜ぶぞ」

「おままごとって貴族もするの？　お家で遊ぶなら、お絵かきも楽しいよ？」

ユアン君とアイリーナちゃんが早速意見を出してくれた。

「粘土で遊ぶのも楽しいよ？　私の粘土、分けてあげようか？」

私は私で、粘土遊びを普及させるために、ルネリュースに勧めてみた。

結局、どの遊びが面白いか談義になり、ルネリュースの参考になったのかわからないけど、彼は真剣に話を聞いてくれた。

今日の体験で、ルネリュースが妹さんとカーギーと一緒に遊べるようになるといいなぁ。


森のエリアで意外と宝物をゲットできたので、今度は庭園エリアの生垣の迷路にやってきた。

みんな迷路はやってみたかったらしく、人が多い人気の場所だけど承諾してくれた。

人が多いってことは、宝物は期待できないもんね。

「あー、また行き止まりだ」

先頭を歩いていたアイリーナちゃんが右に曲がったとたん、悔しそうな声が聞こえた。

生垣の迷路は、生垣の上に出ることが禁止事項なので、ユアン君が飛ぶのもダメだし、ミーティアちゃんがジャンプするのもダメだ。

獣人の能力が封印されている中、自力でゴールを目指す。

「戻って、二つ前の分岐路を左だな」

行き止まりに宝物がないかを調べたら、ルネリュースが次に進むルートを教えてくれた。

「もしかして道順を全部覚えてるの？」

「覚えているけど？」

当然のことのように返ってきた言葉に驚いた。

迷路と言えば、右手を壁に当てて進むと確実にゴールできる右手法が有名だが、今回は使用していない。

宝物を探すために、全部の行き止まりも調べたいからね。

ただ、行き止まりに当たっては戻りを繰り返していると、頭が混乱するのも確かだ。

そんな状況なのに、道順を覚えているなんて凄くない？

「すごい！　私、もう入り口に戻るのも無理だよ」

「わたしも。においが混ざってるし、出られる気がしない。貴族様って凄いんだね」

アイリーナちゃん、私も一応貴族なんですが……。

「貴族じゃなくてルネリュース様がすごいんだよ！　わたしも貴族だけど……わたしは覚えられない」

ミーティアちゃんが一生懸命、アイリーナちゃんに訴える。ルネリュースが凄いんだと。

「アイリーナちゃんも自分ができることなのに、獣人はすごいっていっしょにされるのはいやでしょ？」

「あー……うん、ごめんなさい。ルネリュース様の記憶力が凄いことに、貴族は関係なかった」

ミーティアちゃんの言いたいことを理解したアイリーナちゃんは、素直に謝る。

興奮からか、ミーティアちゃんの尻尾は少し膨らんでいるし、アイリーナちゃんの耳は心なしか項垂れているように見えた。

「いや、そんなに気にしなくても……」

自分のことで言い合いが始まってしまい、戸惑うルネリュースがなんとか場を収めようとした。

私も、元気を出してもらおうと、アイリーナちゃんに声をかける。

「アイリーナちゃん、次から気をつければいいんだよ。私も、獣人だからすごいって思ってたし……」

獣人は凄いって思うのはやめられないだろう。

でも、獣人個人が頑張って得たものも一括りにしてしまっていると、ミーティアちゃんの言葉で気づいた。

「だから、お前ら気にしすぎだよ。貴族が凄いって褒め言葉だろう？　俺は、嬉しかったよ」

アイリーナちゃんに悪気があってのことじゃないと理解しているルネリュースは、純粋に褒めてくれたのだと受け止めていた。

「みんな凄いでいいんじゃないかな？　ルネリュース様は僕から見てもご立派だし、ミーティアさんはまっすぐでいい子だと思うし、アイリーナさんは素直でいい子だよ」

今まで大人しかったフェリス君がいっぱいしゃべった！

しかも、ユアン君にも元気でいい子だよって褒めてる。

無害な笑顔で褒められては、悪い気はしないどころか照れる！

……で、私にはないの？


なんとか迷路をゴールして、宝物を一つ発見できた。

八個目だけど、優勝するにはまだまだだろう。

その見つけた宝物はうちのスピカが持っている。

袋を肩に担いでいるスピカはサンタクロースに見え……ないわ。どちらかと言うと、狩りを終えた狩人だな。

「スピカ、重くない？」

「大丈夫です！」

たまご型の箱は可愛いが、いっぱいあると嵩張《かさば》る。

他のチームの世話係たちも、苦労しているかもしれないな。

「次はこの水路のところを探してみようよ！」

ユアン君が地図を広げて、庭園の中央部分に広がる水路を指差した。

水路か。こちらももう宝物はありそうにないけど、楽しそうだからいいか。

みんなで水路に行くと、すでに水風船もどきで遊んでいる子供たちがいた。

宝探しに飽きたのか、目の前の誘惑に負けたか。

どちらにしろ、はしゃぎ回っている子供たちが可愛いから許す！

「あれが水の玉だよ。あとでルネリュース様も一緒にやろう！」

ユアン君がルネリュースを誘う。

宝物の中に入っていた水風船もどきを、ルネリュースだけが知らなかった。

フェリス君は兄弟で遊んだことがあるらしい。

しかも、住んでいるのが田舎だから、元の植物がそこら辺に生えているとか。

今度、送ってもらう約束をしたのは言うまでもない。

ユアン君が率先して水路の中に入る。

バシャッと足で水を飛ばしては、その水に突進していく。

鳥だから、水浴びが好きなのかな？

よく見ると、水路の中に入っているのは、鳥の獣人が多かった。

「わたしもー！」

ユアン君に続いて、アイリーナちゃんも水路へ。

アイリーナちゃんは熊族なので、水も怖くないようだ。

逆に、ミーティアちゃんは水路の側にしゃがんで、水面を見ている。

時折、手が出そうになっていることから、水面のキラキラ反射に反応しているのだろう。

こうなると、私も水路に入りたい！

いそいそと靴を脱いで、水路へゴー‼

「つめたっ⁉」

予想よりも冷たくて、ブルブルと小さく体が震えた。

すぐに治ったけど、人間の子供たちが水路の中にいないのは、この冷たさが原因か！

「ひー、ちべたい！」

さすがに足先がジンジンし始めてきたので、潔く諦めて地面に戻った。水から出たら出たで、濡れた足はさらに冷たく感じる。

冷たいと言ったつもりが、ちべたいとなったのも、体が冷えたせいだろう。

パウルからハンカチを受け取って足を拭こうとしたら、自分の足がキンキンに、氷のように冷えていた。

自分の手で足先を温めていると、水が冷たい理由をパウルが説明してくれる。

水路に苔などの湿気を好む植物が生えないようにするためなんだとか。

でも、冷たい水を好む植物が繁殖したらどうするんだろうね？　まりもみたいなのいないのかな？

「ユアン君！　あそこの黄色いの何？」

フェリス君が水の中に何かを発見したらしい。

それを聞いたユアン君が、ジッと水面に目を凝らす。

ユアン君は翼を広げて軽く飛翔し、水の中から何かを拾ってこちらに飛んできた。

飛んだ、拾ったが早業すぎて、理解が追いつかなかったよ。

「あったよ！　フェリス様、よく気づけたね！」

「水面の反射かなって思ったけど、宝物でよかった！」

まさか水の中に隠してあるとは……。ダオも考えたな。

ユアン君が箱を開けると、中から水が出てきた。水の中にあったし、中身は期待していなかったけどさ。

「うわぁ！　硬貨が三枚も入ってる！」

期待していなかったのに、硬貨が三枚も入っているラッキーボックスだったとは！

「え、見せてみせて……あ……」

ミーティアちゃんがユアン君とフェリス君の間から覗き込もうとした瞬間、バランスを崩した。

ミーティアちゃんは持ち前の身体能力で、体勢を整えようとしたけどその先は水路。

「あぶなっ」

ルネリュースが助けようと手を伸ばすが……。

激しい水音とともに水路に落ちた二人。

「大丈夫⁉」

慌ててアイリーナちゃんが駆け寄るも、アイリーナちゃんが盛大に水飛沫をあげるもんだから、水路に落ちた二人はさらに濡れる。

てか、こんな冷たい水に全身浸かるのはヤバい！

世話係の人たちが二人を水路から救出し、私は海にお願いして二人の体と服から水分を取ってもらった。

しかし、火魔法を使える人がいない！

水を全部除去したとはいえ、体温は奪われたままだ。すでに二人は、寒さからガタガタと震えていた。

「二人とも、このうさぎさんを握って！」

背中のうさぎさんリュックを下ろし、うさぎさんの両手を二人に握らせる。

私はうさぎさんの体を持ったまま、強く念じた。

体が温かくなりますように――。

このとき、ヴィに言われたように、温かいものが二人を包み込むイメージを意識する。

こたつやお布団に入ったときのぬくぬく感を思い出しながら強く。

「うぅ……あつい……」

「ネマ様、今は凄く暑いんだが……」

強く念じたせいで、やり過ぎてしまったみたい。

ごめんと謝って、うさぎさんから手を離してもらう。

「もう、本当に寒くない？」

「はい。汗をかくくらいあついです」

ミーティアちゃんは手で顔を仰ぐ。

確かに、彼女の頬は紅潮していて、少し逆上《のぼ》せてしまったのかもしれない。

ミルマ国で上手くできたから、イケると思ったんだけどなぁ。うぅぅ、力の加減が難しい……。

「怪我をされているかもしれませんので、治癒術師に診てもらいましょう」

レイリウスさんが精霊を飛ばしてくれたのか、すぐに治癒術師が来てくれるらしい。

「俺は大丈夫だから……」

「だいじょうぶじゃありません！　……ごめんなさい、わたしが爪をたてちゃったから……」

ルネリュースの手を見ると、甲の部分が少し赤くなっている。

ミーティアちゃんは人を傷つけてしまったショックからか、ポロポロと涙をこぼした。

「これくらい平気だ」

確かに、私からしたら怪我にも入らない傷だけど、ミーティアちゃんのためにもルネリュースにはちゃんと治療を受けて欲しい。

「ダメよ！　監視役の指示には従うこと。けがをしたときは、すみやかにちゆ魔法を受けるって決まりごとにもあったでしょう。ダオの顔に泥をぬるつもり？」

禁止事項とは別に、これを守ってねっていう決まりも告げられている。なんなら地図の裏にも書かれている。

禁止事項とは違い、罰則は設けられてないけど、皇族からの指示である。

「わかった」

さすがにダオの名前を出したからか、ルネリュースは大人しく治療を受けることを承諾した。

治癒術師が二人を診て、ちょっとしたかすり傷だけだと告げて、ようやく安心できた。

「ルネリュース様、たすけてくれてありがとうございます」

「いや、結局間に合わなくてすまない」

「でも、うれしかったです」

ルネリュースとミーティアちゃんがなんだかいい雰囲気を醸し出しているのが気になるが、ここで残念なお知らせである。

先ほど、宝探し終了のサイレンが鳴った。


会場には、すでにマーリエのチームも戻っていた。

マーリエもみんなと仲良くなれたみたい。うさ耳の男の子と楽しそうに話している。

「渡してきました！」

宝物に入っていたお菓子や玩具を除き、箱と硬貨は提出しなければならない。

その場で集計しないといけないからね。

結果が発表されるまで、お菓子と玩具を分けたり、お菓子をつまみ食いしたりしながら待つ。

「静粛《せいしゅく》に！　ダオルーグ殿下より、結果を発表していただきます」

静まり返った会場。どこの組が読み上げられるのか、みんなドキドキしていることだろう。

「一番硬貨を集めた組は……」

おぉぉい、溜めるなよ！　スパッと言っちゃえって！

「十一枚集めた二組の皆さんです！」

ダオが告げると同時に、会場に拍手が湧き起こる。

私もそれにつられて拍手をするが、ルネリュースに突っ込まれた。

「ネマ様、二組って俺たちのところだからな」

「えっ!?」

テーブルにある札を確認すると、確かに『2』って書いてある。

二位と三位も発表されたけど、二位との差はたった一枚。

水路で見つけた三枚入りのラッキーボックスがなければ、優勝できなかった。

「ほんとうにわたしたちが一番なんですか？」

「そうだよ、ミーティアちゃん！」

「じゃあ、せいじゅうさまにおあいできるんですね！」

うんうん。ミーティアちゃん、そこはブレないんだね。

陛下との謁見は後日、宮殿から知らせが届くそうなので、今日はこれで解散となる。

「今日は楽しかった！　また遊ぼう！」

「みんなに手紙書くから、お返事ちょうだいね」

「今度、誰かの家に集まろうぜ」

あちらこちらから聞こえる別れを惜しむ声。

私たちの組も、お互いに連絡を取り合うことを約束して別れた。

「お友達ができてよかったですね」

「うん！」

パウルに言われて気づいたけど、ピィノ、ニィノ、ダオ、マーリエという友達の少なさを考えたら、一気に五人も増えたのは快挙なのでは⁉

つか、私、友達少なすぎる！　絶対、次も参加するぞー‼

番外編 ふれあい動物園の園長は私です！

ライナス帝国の皇族には、警衛隊という護衛専門部隊がある。

警衛隊は皇族一人一人に設けられ、また独立した組織となっている。

そのため、各警衛隊にも特色というものが出ているのだが、それは皇族の趣味が大きく反映されるのだ。

例えば、第一皇子のテオさんの警衛隊は武闘集団として有名だ。

テオさんが、あの中性的な顔に似合わず、剣術大好きな脳筋のせいと言われている。

その中でも、一番変わっていると私が思うのは、皇弟ルイさんのところの警衛隊。

ルイさん自身も変わっているせいか、隊員たちは皆、個性派揃い。

「二の姫様、お願いします！」

「ルイ様は今日、見かけてませんよ？」

どこかでサボっていると思うから、探した方がよくない？

しれっと誤魔化そうとしてみるものの、ルイさんの警衛隊員たちは諦めない。

「ルイ殿下は先ほどサチェ様にお会いしてくると言っていたので、太上《たいじょう》陛下のご公務に付き添われるかと」

「それなのに、みなさんはここにいるの？」

ルイさんが先帝様についていってるなら、君たち護衛のお仕事しなきゃでしょ。

「聖獣様がご一緒のときは、獣人とエルフが任についているのでご心配なく」

なるほど。そういえば、ここにいるのみんな人間だわ。

『よろしくお願いします!!』

十数名もの声が揃うと、圧が凄い。

「仕方ない。いつもの約束、必ず守ってくださいね？」

『はいっ!!』

私が折れると、隊員たちは私を囲むように円陣を組む。

はたから見れば、何かの宗教かな？　って勘違いされそうだ。

私は深く息を吸い込んで……。

「みんなー！　ここに集まってー!!」

腹の底から大きな声を出す。

すると、空から、生垣の隙間から、木の上からと、小動物たちが姿を見せる。そして、隊員の壁を乗り越えて、私のところまで来てくれた。

辺りは鳥たちの鳴き声でうるさいくらいだが、私はやってきた子たちの相手で忙しい。

猫にそっくりなリア、垂れ耳リスなポテ、尻尾が長いイタチみたいなクイといったお馴染みの顔ぶれが集まっている。

この子たちは宮殿の大庭園に住んでいるので問題ないが、以前、プテラノドンみたいなポリクに、アナコンダより大きくなるヘビが現れたことがあって騒ぎになったこともある。

「みんないい子だねー。じゃあ、今日もおにいさんたちに接待よろしくね」

私がそう告げると、集まってくれた動物たちは心得たと言わんばかりに四散する。

そう、これは不定期開催のふれあい動物園なのだ‼

アンゴラウサギみたいな毛玉のウサギを抱いて、私は私でもふもふを堪能する。

この子は、ゴブリンたちと会うきっかけになったウサギと同じ種類で、つい懐かしくていつも構ってしまう。

ウサギの顔が隠れるほど長い毛は、少し硬めだけど、お腹側の毛はふっわふわ。

申し訳程度についている尻尾が、表面のトップコートで隠れているのがまたいい！

ちょっと失礼って言いながら、お尻の毛を分けて尻尾とご対面。

指で摘むようにして、尻尾の毛触りを楽しむ。尻尾の毛は柔らかく、赤ちゃんの髪の毛みたい。

ウサギは鼻をヒクヒクさせると、私の腕から飛び出していった。

どうやら、ウサギの好物を持った隊員さんがいたらしい。彼の足元まで行くと、おやつを寄越せと、脚で地面をタンタンと叩く。

ねだられた隊員はデレデレと相好《そうごう》を崩し、ウサギに持参したおやつを与える。

ふと周りを見回し、今日もカオスな光景だなぁと感心した。

リアにおやつを与えつつ猫吸いしている隊員、手のひらに餌を載せて鳥とメルヘン風に戯れる隊員、クイに靴を齧られている隊員と、もはやどこから突っ込めばいいのかわからない。

猫吸いをしている隊員は顔にひっかき傷があるし、鳥と戯れている隊員の制服には糞で模様が描かれている。靴を囓られた隊員は結局クイにフラれた。

「可愛いでちゅね～。慌てなくてもいっぱいありましゅからね～」

締まりのない顔で、赤ちゃん言葉を話す隊員。こんな感じの猫撫で声があちらこちらから聞こえる。

これが彼らにとって癒やしであり、ストレス発散だと言う。

まぁ、ルイさんの護衛、大変そうだし、癒やしは欲しいよね。

この、ふれあい動物園を満喫している姿を見てわかる通り、ルイさんの警衛隊は動物好きの集まりだ。

お仕事中は懸命に我慢しているのか、こんな姿は見せないが、いつも星伍や陸星を目で追っていたりする。

とは言え、陛下やダオの警衛隊員たちも、よく魔物っ子たちの遊び相手になってくれるけどね。

うちの子たちは人気者なのだ‼

「みぃ～お」

「おいでおいで。いっぱいおやつ食べさせてもらえた？」

庭師たちが可愛がっているリアのミルルが、私のところに遊びにきた。

うさぎさんリュックからお姉ちゃん特製猫じゃらしを取り出し、ミルルの前でゆっくりと動かす。

ミルルの興味を引けたら、上下左右、不規則な動きに変える。

猫じゃらしを追いかけるときの顔、真剣なのにどこか愛嬌があって、ずっと見ていられるわぁ。

ちなみに、今日ここにいる隊員は、全員マイ猫じゃらしを持参していたりする。

ミルルの他にもいっぱいリアが来てくれているからね。ふれあい動物園には必須アイテムなのだ！

ミルル以外にも猫じゃらしに興味を持った子たちと遊んでいると、突然、動物たちが逃げ出した。

鳥たちは空に散り散りに逃げ回り、小動物たちはどこかに隠れる。

隊員たちも何事かと、一瞬でお仕事モードの顔になった。

そんなときに日が陰り、雲が出てきたのかと空を見上げたら……。

なぜか森鬼に抱きかかえられ、ドゴンッと鈍い音が近くで聞こえた。

『ままぁぁ！　いたいよぉぉぉ！』

あと、悲鳴のようなものも聞こえた気がして、急いで後ろを振り返る。

「わ、ワイバーン⁉」

私の代わりに誰かが叫んでくれた。

地面に伸びていたのは、確かにワイバーンなんだけど……なんか小さい！

地面に伸びたまま、バッサバッサビッタンビッタンと翼や尻尾を激しく動かして暴れているさまは、陸に打ち上がった魚のように見える。

「申し訳ない‼　我々が降りられるよう場所を空けてくれ‼」

上の方から聞こえた声。

見上げると、ワイバーンに乗った人の姿があった。飛竜兵団だ。

警衛隊員たちは素早く状況を把握し、ベテラン隊員の指示で離れた場所に整列する。

その際、両脇を抱えられた隊員がいたので、誰か怪我を負ったみたい。

その隊員のことも心配だけど、ワイバーンがなぜ急に現れたのかも気になる。

ベテラン隊員さんは、降りてきたワイバーンに近づき、飛竜兵団の兵士と言葉を交わす。

そして、兵士とともに私の方へやってくる。

あ、私に関係しているっぽい！

「二の姫様、誠に申し訳ございません」

深々と頭を下げる兵士。

「理由はあとで聞くから、まずはあの子を助けるの手伝ってくれる？」

あの鈍い音。森鬼が殴ったか、叩き落としたかしたんだと思う。とにかく強い衝撃を受けていることには違いないので、治療をしてあげないと。

兵士さんはすぐに承諾してくれたが、思わぬところで待ったがかかった。

『竜の娘御、あの子なら放っておいて大丈夫。ただ拗ねているだけだから』

兵士さんが乗ってきたワイバーンが、呆れた様子で私に声をかけてくる。

「すねてる？」

『遊べなくて拗ねている』

兵士さんに、ワイバーンがこんなことを言っていると伝えると、わけを教えてくれた。

小さなワイバーンは去年生まれたおちびさんで、今日から飛行訓練を開始したんだって。

それで、巣に戻るために宮殿の近くを通ったら、急に降下を始め、今に至ると。

兵士さんが乗っているワイバーンがおちびさんのお母さん。

兵士さんは訓練だって言っていたけど、おちびさんの中ではお母さんと遊びにいく感じだったのだろう。

ひたすら飛ぶだけで、全然構ってくれない母親。そして、なんか楽しそうにしている私たちを見つけて、突撃してきたようだ。

ふむ。おちびさんは騙されたー！　って思っているのかも。

「兵士さん、この子と遊ぶ時間はありますか？」

「え、えぇ。今日は様子を見つつの訓練でしたので、特に時間は決めておりませんし」

ふっふっふっ。遊びたいのなら、私たちが喜んで相手をしようじゃないか！

ベテラン隊員さんにお願いして、ある物を用意してもらう。

それはたくさんのロープ！

おそらく、一番近い軍部の詰め所から借りてきたんだと思うけど、数人がかりで運ばないといけないほどの大量のロープをどうするかというと……。

「では、みなさんで協力して、このなわをよりよりして、太いなわを作りましょう！」

本当は縒《よ》るより編む方が頑丈になるんだけど、遊び終わったあとに解《ほど》くのが大変そうだからやめた。

ロープを三本束ねて、ひたすらよりより。

一本のロープになったら、それをさらに三本束ねてよりより。

私は見ているだけだったけど、さすが警衛隊。ロープワークもお手のもの。

ロープの真ん中部分は倍以上の太さにしてもらい、それ以外は大人が握ってちょっと余る程度の太さになったら、解けないよう両端は編み込んでの処理をする。

長く太いロープが完成したら、やることは一つ！　綱引きだ‼

「おちびさん、あっそびましょー！」

警衛隊員がロープと格闘している間も、おちびさんはずっと駄々をこねまくっていた。

兵士さんが機嫌を直せと、話しかけたり、餌を与えたりしたけど効果なし。

そんなおちびさんのもとに、ロープの真ん中を置く。

『これ何？』

「これをこうくわえてみて」

噛みちぎられないよう、かなり太くしてもらったけどどうだろうか？

なんとか大丈夫そう？

おちびさんがロープを咥えたことで、ロープが二本、口から出ているように見える。

その二本のロープの先は、警衛隊員たちが握っている。

「これを使って、あのおにいさんたちと力比べをしよう！」

『ひはら？　ひっはるの？』

ロープのせいで上手くしゃべれないの可愛い！

「そう！　ちょっと試しにおにいさんたちに引っ張ってもらうね」

私は合図を出して、隊員たちにロープを引かせる。

すると、おちびさんの頭が前に引きずり出された。

「今度はおちびさんが引っ張ってみて」

おちびさんは勢いよく頭を元の位置に戻す。それだけで、隊員たちも引きずられた。

その様子が面白かったのか、おちびさんはずりずりと体ごと後退。ずるずると引っ張り出される隊員たち。

ちょっと……いや、それだけでも結構面白い！

「おちびさん、ちょっと止まって！　今度はおちびさんも、おにいさんたちと同時に引っ張ってね。いい？」

『うん‼』

「じゃあ、いっくよー！　始めっ‼」

高く掲げた腕を勢いよく振り下ろす。

それと同時に、ロープがピンッと張った。

まだ小さいワイバーンなら、人数で対抗できるかなぁと思ったけど……。

「がんばれー！」

イケるじゃん！

おちびさんは翼を正面にはためかせ、後ろに進むための力を得ようとするが、警衛隊員たちも負けていない。

ジリジリと、おちびさんを引きずり出し始めた。

『むぅぅ……』

それが悔しかったのか、おちびさんは大きく翼を広げて、その場で飛ぼうとした。

大人のワイバーンに比べてまだ体が軽いので、それだけで体が持ち上がる。

おちびさんが浮上すると、ロープを握っている隊員たちも引っ張られるわけで……。

先頭の隊員の足が地面から浮いてしまった！

「はい、やめーっ！　飛ぶのは反則です！」

『飛んじゃだめなの？』

「あっちのおにいさんたちは飛べないからね。おちびさんも飛ばないでがんばって！」

『わかった』

ロープを咥え直して、もう一度。

今度はなるべく翼を動かさないよう気をつけてくれたのか、爪や足を使って地面に踏ん張るおちびさん。

その姿が、散歩を嫌がる犬みたいだ。頑《がん》として動かないぞという強い意志を感じる。

結局、勝負は引き分け……というか、人間側の体力負けだった。

瞬発的に強い力は出せても、その力を継続するのは難しい。

力尽きた警衛隊員たちは最後の方、お尻で後退するおちびさんに引きずられていたし。

『まま、お腹空いたー！』

自分が勝ったと確証したおちびさんは、意気揚々とお母さんのもとへ行き、ご飯を催促。

あれだけ駄々をこねていたのに、兵士を急かすようにして巣へ帰っていった。

「みなさん、お疲れ様でした！　では、最後のひと踏ん張りです。お片づけしましょー」

みんなでロープを解き、おちびさんの歯でダメになったやつを除いて、軍部の方へ返却。

ダメにした分は、あとでパウルに補填するようお願いしておこう。

そして一番の問題は、この庭だ。

動物の糞もあれば、おちびさんや隊員たちが踏み荒らしてぐちゃぐちゃになっている部分もある。

これを魔法で整えて、今日のふれあい動物園は終了となる。

「いやー、ワイバーンも近くで見ると可愛いですね」

「俺、飛竜兵団に友人がいるから自慢してやろっ」

と、警衛隊員たちは爽やかな笑みを浮かべて帰っていった。

しかし、私のもとにはクレームが……。

『ワイバーンと遊ぶなら、うちの者を使ってください！』

飛竜兵団の団長さんからのクレームだったのだが、なんか悔しさがにじみ出る文面だったよ。

可哀想だから、ワイバーンと兵士さんたちが一緒に遊べる遊びを考えるかぁ。

本書に対するご意見、ご感想をお寄せください。

あて先

〒162-8540 東京都新宿区東五軒町3-28
双葉社　Mノベルスｆ編集部
「向日葵先生」係／「雀葵蘭先生」係
もしくは monster@futabasha.co.jp まで

ノベルス

異《い》世《せ》界《かい》でもふもふなでなでするためにがんばってます。⑭

2023年1月10日　第1刷発行

著　者　向日葵《ひまわり》

発行者　島野浩二

発行所　株式会社双葉社
〒162-8540　東京都新宿区東五軒町3番28号
［電話］03-5261-4818（営業）　03-5261-4851（編集）
http://www.futabasha.co.jp/（双葉社の書籍・コミック・ムックが買えます）

印刷・製本所　三晃印刷株式会社

［電話］03-5261-4822（製作部）
ISBN 978-4-575-24594-3 C0093　